RECOIL

反撥

ジム・トンプスン

黒原敏行 訳

文遊社

反撥

ドク・ルーサー

1

彼はライラの寝室のドアノブをそっとまわそうとした。錠がかかっていた。そこで自分の部屋に入った。彼女に動きがあれば聞こえるように、ドアはあけたままにしておいて、書類鞄をひらいた。

保険の書類をとりだし、ざっとあらためてから、上着の内ポケットに滑りこませた。明日、貸金庫に入れるつもりだ。

また書類鞄に手を突っこみ、ほかの書類を出した。目を通しながら、眉をひそめた。保険の書類を見たときと同じくらいに不安な気分になった。いらだちの低い唸りを洩らし、書類を古い順に重ねなおして、読みはじめた。

サンドストーン州立刑務所の便箋に書かれた手紙

ルーサー精神科診療所御中
キャピタル通りとリー通りの交差点
キャピタル・シティ

謹啓

これはかなり異例の求職のお手紙です。どうか最後までお読みになって、ご一考くださいますようお願い申しあげます。

私は現在三十三歳。ハイスクール卒で、その後の読書や勉学により、少なくとも大学二年生と同等の学力を有しております。体重七十七キロ、身長百八十センチ、就職にきわめて不利な事情はありますが、健康状態はいたって良好。貴方様のお仕事のことはよく存じませんし、どのような職をご提供いただけるのかもわかりません。しかし、どのようなものであれ、働く機会を与えられましたなら喜んでやらせていただく所存です。場所は州内でお願いいたしますが、賃金はいくらでもかまいません。

私は十五年前から現在の施設に収容されております。銀行強盗で十年から終身の刑を言い渡されたのです。罪は軽いとはみなし得ないものであり、自分でも軽く見てはおりません。しかしどれだけ謙虚に考えても、私をこれ以上ここに収容しておくことにいいことは何もないと思います。

　私は五年ほど前に仮釈放を申請し得る資格を取得しました。しかし残念ながら両親はすでにこの世になく、あとは結婚している姉が一人いますが、私のために何かする余裕は五年前にもなかったし、今もありません。そしてもちろん事件を起こした当時の私はまだ若すぎて、職業的な人間関係も築けておりませんでした。おそらくご存知かと思いますが、仮釈放が認められるためには職が決まっていなければなりません。自活する能力があることを証明する必要があるのです。そこでその面で貴方様のご助力を賜りたいのです。

　私にご連絡いただけないでしょうか？　あるいはもっと単純に、受刑者と何らかの関係を有する人がとる仮釈放申請手続きを仮釈放委員会に対してとっていただけないでしょうか？　私に関する情報は委員会に問い合わせていただければどんなことでもわかります。このやり方なら、私がお手紙を差しあげたことから生じるかもしれない誤解をあらかじめ取り除いておくことができます。

謹白

パトリック・M・コスグローヴ（収監者番号11587）
サンドストーン州立刑務所、図書係

サンドストーン刑務所か……

ルーサー医師は、わたしも腐敗に慣れてしまった、と考えた。しかし、サンドストーンのことを思うといつも怒りがこみあげる。あれは刑務所ではない。イカレた病院だ。イカレているのは閉じこめられている連中ではなく閉じこめている連中のほうだ。そこで生き延びる道はただひとつ、閉じこめている連中以上に図太くなりねじ曲がった心を持つことだけだ。それができれば——目を異様に光らせたりだしぬけに笑いだしたりして閉じこめている連中を楽しませることができれば——単に生き延びられるだけでなく、わりと居心地よくそれができる。

だが、気を抜いてはいけない。閉じこめられている者はゲームにうんざりするかもしれないが、閉じこめている者は飽きることがないからだ。そして閉じこめられている者がうんざりしたり油断したりすると……

サンドストーン州立刑務所所長室の便箋に書かれた手紙

ドクター・ローランド・ルーサー
キャピタル通りとリー通りの交差点
キャピタル・シティ

パット・〝エアプレーン・レッド〟・コスグローヴの件

親愛なるドク

手紙をもらってえらく嬉しかった。わしもあんたといっしょにそっちの大都会にいるのならどんなにいいかと思うよ。いつも人に言うんだが、あんたは招待主として完璧で、人のもてなし方を知っとるからな。この前あんたとわしとほかの何人かが顔を合わせたときは、本当にそうだった。あんたからの手紙を受けとったときはほんとに嬉しかった。わしはすぐにあのくそ野郎の〝酋長〟のところへ行って嫌がらせをしてやろうとした。しかしあんたがそうしてくれるなと言うからやめておいたが、とにかくやつに知らせてやることを考えただけで笑ってしまったよ。わしの秘書の〝酋長〟のことは知ってるだろう。〝酋長〟があの手紙やほかの百通ほどの手紙を受けとったことは知ってるが、ああいうのは人に頼んで書かせてるだけだ。わしらはやつらをふたりとも吊るしてしまってもいい。そうすればふたりとも何もするまい。わしは忠誠心をとても大事にする人間で、他人のことに余計な口出しをしない。そしてあんたもそうだということを知ってる。だからあんたはあんたのいいと思うやり方でお膳立てをして、どんな風にしたかを知らせてくれれば、わしもできるだけその線に調子を合わせるつもりだ。あんたがこっちへ来るときには電話をくれ。そろそろこの手紙を終わりにするよ。あの〝酋長〟のくそ野郎に頼まないで自分でこれを書いてるもんでね。わしらであのふたりを思いきりびっくりさせてやろうじゃないか。

あんたの忠実なる友にして僕《しもべ》、
ヤンシー・フィッシュ

追伸。ドク、知ってるとは思うが、ウィスキーを刑務所に持ちこむのはルール違反だ。あんたがひとケースかふたケース持ちこむのを見つけたときは没収させてもらうよ。はは。Y・F。

まあフィッシュはふたりを吊るさなかったが、ほかのあらゆる手段で脅した。フィッシュはそれぞれ相手に適合したやり方で説教を垂れ、同じ結果を手に入れた。

〝酋長〟は生粋のインディアンで、三つの終身刑を言い渡されて服役中だ。ふてぶてしい笑みを浮かべて、あたりさわりのない返事をしただけだった。赤毛で目の青いコスグローヴは長々と身の上話をした。礼儀正しく、そこはかとないユーモアのセンスがあり、執拗なくらい文法を厳格に守って話す男だが——話にはほとんど中身がなかった。コスグローヴは〝酋長〟に逆らうことをせず、〝酋長〟はコスグローヴを助けてやっているようだ。脅しても買収しても、〝酋長〟にそういうことをさせるのは無理なのだが。

ルーサーは、コスグローヴの知能が明らかに高いことをいささか面倒に思っていた。が、それでもコスグローヴはほかのすべての要件を備えている。いくら知能が高くてもそれを使って考えるべきことなどありはしないだろう。

州知事執務室の便箋に書かれた手紙

サンドストーン州立刑務所所長
ヤンシー・L・フィッシュ殿

謹啓
貴殿の管理する施設が現在パトリック・M・コスグローヴを収監中であること、このパトリック・M・コスグローヴが不定期刑をすでに十五年務め、かつ仮釈放の他の諸要件を満たしていること、
米国市民権を正当に保有するローランド・T・ルーサー医学博士がこのパトリック・M・コスグローヴに対し、本状が許可する仮釈放の発効日より二年間にわたり職を提供することを保証し、さらにはあらゆる手段でコスグローヴの正しい生活を支援すると誓約していることに鑑み、
ここにパトリック・M・コスグローヴを二年間、現在の在監者としての地位に戻す必要が生じた場合を除き、ローランド・T・ルーサーの監督のもとで仮釈放の状態に

置く旨を通知する。
仮釈放期間がいかなる問題もなく満了した時には、パトリック・M・コスグローヴは市民としての権利を完全に回復するものとする。

署名捺印
州知事／仮釈放委員会委員長（代理）
ルイス・クレメンツ・クレイ

と、いうことだ。これがすべての始まりであり、終わりだった。ひとつひとつの事項を吟味し終えたいま、ドクター・ルーサーには、これは愚かしくかつ危険なことだとの思いを追い払えなかった。もしハーデスティが絶対うまくいくと確信していなかったら――だが、ハーデスティは確信していた。自分たちがいま作り出そうとしている状況のもとでは、保険会社は支払わざるをえない。彼らはただちに支払うだろう。それがハーデスティのくれた法律家としての最良のアドバイスだった。法律のことでハーデスティが間違えたことはこれまで一度もなかった。

よしと——ルーサーはため息をついて、服を脱ぎはじめた——これでやるべきことはやった。コスグローヴがそんなに好感の持てる男でなければいいと思うが、不幸にしてと言うべきか、彼が好感の持てる男であることは必要なことだった。サンドストーン刑務所から出すには、出してもいい人物だと言える理由が必要だからだ。

ライラの部屋のドアがひらく音が聞こえたので、靴を脱ぐ動作を途中でやめた。ライラが廊下で立ちどまった。腕に毛皮のコートをかけていた。

「眠れないんだな?」ルーサーは言った。「帰りの足は手配してあるんだろうね? もう夜も遅いから迎えにはいけないよ」

ライラは弱々しい笑みを浮かべて謝るような顔をした。「でも、ドク、わたしだって人間なのよ」

「おもしろい」ルーサーは靴を床に落とした。「議論の余地はあるが、おもしろい意見だ」

「あのう——わたし、出かけてもかまわないわよね?」

「きみが何をしようとわたしはかまわない」

「少し、お金がいるのよ、ドク」

「朝になったら渡すよ」

「小切手でもいいんだけど……」

「きみは」ルーサーは言った。「言われたとおりにするだけだ。それ以外のことは一切できない。わかったかね?」

「わかった」ライラはゆっくりと言った。「ようくわかった」

2

ここへ来て二日目の朝の五時、おれは一時からずっと目覚めたままでいる。嬉しくて興奮しているのかって？　ああ、たぶん。たぶん、この顔としての役目を果たしている漂白された仮面の下で、おれはいまでも驚きと喜びに叫びまくっているのだろう。でも人間はものすごく楽しい思いをしたあとはすとんと眠れるはずなのだ。

おれは昨日ここへ来る途中で酒を飲まなければよかったと後悔した。自分がおかしなことを言ったりしたりしなかったのは――おおむね――確信している。けれど、もちろん、絶対間違いないとは言いきれない。

ドクが運転中は酒を飲まないと言ったとき、おれは、それはいいことですとうなずいた。そしてドクがおれの〝忘れたい〟気持ちを理解してくれていることに感謝した。おれは、きみは遠慮せず飲みたまえと促されるまでもなく飲んだ。一パイントの三分の一を飲んだとき、ドクが質問を始めた。

きみは手紙を書く相手になぜわたしを選んだのかね？　これの答えは単純だった。刑務所で在監者が受けとる定期刊行物が、公職にある政治家とコネを持つ、あるいは持ちたいと願っている者から金を絞りとるための〝成功事例集〟である〝配布対象限定の雑誌〟だけだったせいだ。おれはそれに載っていた広告でドクの住所を知った。おれが手紙を出した相手は全員、同じ方法で住所を手に入れたのだ。

わたしがなぜフィッシュ刑務所長に手のこんだやり方で手続きを進めてもらったのか、その理由は理解できるかね？　おれはそれには（ごく正直に）こう答えた。おれにはあなたのなさることについてあれこれ考える余裕はありませんが、理解できるような気がします。あなたは何かをいっしょにやる仲間に絶対的な忠誠心を求める人だから、損得勘定で忠誠心を捨てるような人間は使わないんです。

きみには近しい身内や友達がいるかね？　いえ、いません。もう結婚している姉がひとりいて、毎年クリスマスに短い手紙をくれるけれど、返事は出してくれるなと言われているので出したことはありません。姉とはたまたま同じ親から生まれたという縁があるだけです。

きみはどういう本を読んできた？　図書室にあるものはなんでも読みましたが、本の寄付は一九二〇年ごろに停まったようです。シェイクスピアの全作品、ディケンズ、スウィフト、トウェイン、アディソンとスティール、ラブレー、ショーペンハウアー、マルクス、スコット、ジュール・ヴェルヌ、ワイルド、セルバンテス、マキアヴェリ、ローヴァー・ボーイ・シリーズ、ルイス・キャロル、聖書、それから……

おれは話しながら、すぐわきにある換気用の小窓を調節した。ニッケルの枠にドクター・ルーサーの顔が映った。ドクター・ルーサーはおれの返事に満足しているように見えたが、上の前歯が三本かるく突き出ているせいで、無表情でも微笑んでいるように見えることがある、というのも事実だった。

ドクター・ルーサーは、見たところ五十歳くらいだが、これも本当のところはよくわからなかった。髪は薄い砂色。身長にくらべて体重がかなり重すぎる。その身長はおれより少し低かった。眼鏡の分厚いレンズの奥に、飛び出しぎみの目があった。やわらかな声で話すのは、文法的に正しいきちんとしたことばだったり、品のない俗語だったりした。彼のような年齢でそんな話し方をするとなると、そう簡単には人物を判定できない気がした。

おれはドクターを見ながら話しつづけた。車が何キロも何キロも走るあいだに、自分のことばが不明瞭になっていくのがわかった。最初はそれがわかっていたが、そのうちわからなくなり……

数時間後に目が覚めたとき、おれたちは市街地からほんの十数キロのところまで来ていた。車はわりと大きな湖のほとりに近い幹線道路沿いのレストランの敷地に乗り入れた。もとはかなり高級な店だったようだが、それはずいぶん昔の話で、いまはもう古びていた。客はおれたちだけだった。窓の外を見るとその理由がわかった。湖だと思ったものは、じつは川――油っぽくて汚らしい泥水がのろのろと流れる幅の広い川で、水が汚いのはこの都市《まち》の油田が流す排水のせいだった。

窓をぴたりと閉め、冷房をつけているが、それでも硫黄の不快な臭いがかすかに感じとれた。

「この臭いは石油会社からのささやかな贈り物だよ」ドクター・ルーサーは不意に辛辣な笑い声をあげた。「連中はここの油田ですでに十億ドルほど儲け、いまも毎日儲けつづけている。なのに排水の処理に金をかける余裕はないそうだ！」

おれは何も言わなかった。ドクター・ルーサーはまた笑った。さっきと同じような笑い方だった。そのあいだ、ほとんど手をつけていない料理を見おろしていた。

「これからきみに話をする」ドクター・ルーサーは荒い口調で言った。「パット、わたしはこれから持ち札をぜんぶテーブルの上に出して見せるよ。まっとうにプレーするつもりだからね。もっとも、話すのはいまから二十四時間内にきみが自分で知ることになる事実だが……」

「はい」

「わたしのことはドクと呼んでくれたまえ。みんなそうしているんだ」

「わかりました、ドク」

「わたしは正式な資格を持った精神分析医だが、もう何年も医者としては働いていないんだ。だからきみにその方面の仕事を与えることはできない。そういう仕事はないからね。きみにやってもらいたいのはわたしのロビー活動の広告塔のようなことだ。このロビー活動を俗なことばで言いかえると、裏工作ということになる」

おれはドクに揺るがない視線をまっすぐに向けた。「ドク、あなたはおれをサンドストーンから出してくれました。あなたについておれに知る必要があることはそのことだけです」

「まあ――きみを出してあげたことについて、謝罪をするつもりはもちろんないよ。この州が〝アメリカのバルカン半島〟と呼ばれているのはだてじゃない。食うか食われるか、どちらかだとなったら、分別のある人間はどうする？」

「食いますね」とおれは言った。

ドクは含み笑いをし、拳でおれの顎を殴るまねをした。「きみはそうするだろうな、パット。さて、わたしがきみにあげるつもりでいるのは州の仕事だ――これには経験も何もいらない。どうだね？」

「どんな仕事でもかまいません。ただ――」

「なんだね？」

「あなたのために働かずに、どうしてあなたの役に立てるんですか？」

「なぜきみがわたしの役に立たなくちゃいけないんだ？」ドクは怒りをこめて唸るような声で言った。「わたしが損得抜きできみの手助けをしたがるというのは考えられないことかね？　誰も助けようとしないきみにわたしがチャンスを与えたいと思っているというのは？」

「あなたに失礼なことを言うつもりはないんです」とおれは言った。「ただ恩返しがしたいと思っているだけです」

「そんなことは考えなくていいんだ」とドクは言った。「さて、そろそろ出ようか。予定より遅くなってしまった」

ドクはゆっくりと車を運転しながら、曲がっている泥の川をちらちら見た。その川は、臭いだけを残して、闇のなかに次第に消えていった。

3

おれたちはオフィス街を抜け、住宅街の一画を抜けて、州会議事堂にたどり着いた。その敷地は、ご存じかもしれないが、市のはずれに二・六平方キロもの面積を占めている。そのあたりで平らな土地はそこだけだった。

ドクは車を南に向かう通りに進めた。谷間の山道をのぼって一キロ半ほど走ったあと、とある崖下に建つ家の敷地に乗り入れた。

かなり古風な二階建ての四角い家で、一階の前面に長いベランダがあった。全部の窓をほぼ覆い隠しているツタのからまるトレリスを除けば、家は周囲の景色にそぐわないように見えた。

ドクは車回しを進み、四台が入るガレージの空いた区画に車を駐めた。ほかの区画におさまっているのは、スポーツオープンカーが一台とセダンが一台——どちらも最新型だった。おれたちは車回しを引き返して玄関に足を運んだ。

ドアはひらいていて、屋内には明かりがともっていた。廊下があり、両側に部屋が並んでいた。廊下は家の奥までまっすぐつづいている。階段の上を見ると、二階も同じ配置らしいことがわかった。

ドクはついてくるようにという手ぶりをして、階段をのぼりはじめた。

二階にあがり、右側の最初のドアの前で足をとめた。ドクが片手を持ちあげた。

音楽がかすかな音で洩れ出していた。男がしわがれ声で静かに話し、女が小さく笑っているのが聞こえる。

ドクは軽くノックをした。話し声と笑い声がやんだ。衣ずれの音がし、ドアが閉まる小さな音がした。

「誰?」

「ドクだ」

「ああ」しわがれ声にはうるさがる調子が混じっていた。

錠のなかで鍵がまわり、ドアがさっとひらかれた。

男は五十歳くらいだった。背が低くて太りぎみで、体形はドクと似ていなくもなかった。髪はくしゃくしゃで、酒を飲んだらしい赤い顔をして、パジャマ姿だが、尊大な雰囲気があった。男はドクに見向きもせず、しかめ面でおれを見た。

「きみは何者だ?」と詰問した。

「サンドストーンから来た若者だよ」とドクが答えた。「パット、こちらはバークマン上院議員。きみの仮釈放に大いに尽力してくださった方だ」

バークマンは大げさに目を見ひらき、太くて短い人差し指でおれの胸をつついた。

「何を言ってる」上院議員はぜいぜい息をしながら言った。「わたしの目はごまかせんぞ。この男は田舎の日曜学校からの脱走者だろう。きっとそうだ」

ドクは上院議員にごく薄い笑みを向けた。いや、それは笑みではなかったかもしれなかった。突き出た歯というものはまぎらわしい。

「いや、失礼！」上院議員はおれの手を握った。「パット——パット・コスグローヴだったかな。きみのお役に立てて嬉しいよ。もっといい状況のもとで会えたらよかったんだが」笑っておれの肩をぽんと叩いた。

「お邪魔じゃなかったかな」とドクは言った。「あんたが出かけてしまっていて、会えないかもしれないと心配していた。パットは仕事を必要としているんだ」

「きみが仕事を与えるんだと思っていたよ。わたしはもう充分にやったつもりでいるんだが」

「きみがそんな風に感じているのは残念だ」とドク。「気持ちを変えてもらうために何かわたしに言えることがないものかな」

　ドクは何かを考える面持ちで上院議員を見つめた。三本の突き出た前歯は下唇にじっとあてられている。上院議員は顔を赤くした。

「ご希望に添いたいとは思うよ、ドク。しかし仕事の斡旋は自分の選挙区のためにやる必要があるからね。次の選挙はきびしい戦いになるんだ！　フランダーズかドーシーかミリガンに頼んでみたらどうかな」

「彼らもきびしい戦いを控えてるんだ」

「ふうむ」――上院議員はためらい、顔をしかめた。「まあいい。ひと肌脱ぐか。この青年を明日、ハイウェイ局に行かせたまえ」

「フレミングにきみの名前を言えばいいのか？」

「ああ――いや。わたしが話を通しておこう」

　上院議員はすばやくドアを閉めた。さらに別のことを頼まれるのを恐れているかのようだった。ドクとおれは階段をおりた。

　ドクはベンチから帽子をとりあげ、玄関のそばのドアの鍵穴に鍵を挿して、おれに入れという手ぶりをした。

「ただいま」ドクは声をあげた。「おい、ライラ！」それからおれを置いて隣の部屋に入り、さらに奥へ歩いていった。

おれは室内を見まわした。個人的には、家具がありすぎて趣味がいいとは言えないように思えた。書物がきちきち詰まった本棚が数本、ピアノが一台、ラジオと蓄音機とテレビを組み合わせた装置が一台。表側には長い窓際用ソファがあり、部屋の反対側にはそれよりも長いソファが一脚と、寝椅子が一脚、それに一人掛けソファが三脚置かれている。部屋の真ん中あたりには鏡の天板に花瓶が作りつけられたコーヒーテーブルがあった。

ドクが戻ってきて、隣室とのあいだのドアを音高く閉めた。

「妻がいない」ドクは吐き捨てるように言った。「まあ、いると思っていたわけじゃないと言えば、そうなんだろうがね。さてと――」

廊下に出るほうのドアがノックされ、話の腰を折られた。ドクは勢いよくドアをあけた。

「いったいおまえは」ドクは目の前の白い上着を着た黒人に強い口調で訊いた。「どこにいたんだ？」

「北のスイートの人たちのところです」細身で端正な顔立ちの若い黒人はなだめるよう

な表情で微笑んだ。「紳士のおひとりがちょっと体調を崩されたので」

「ミセス・ルーサーがわたしに言伝をしていかなかったかね?」

「言伝はございませんでした」

「は!」とドクは言った。「南の奥の部屋は支度ができているのか? それとも忘れたか?」

「支度はできていると思います。つまり、わたしが言いたいのは——」

「いっしょに来たまえ。きみもだ、パット」

おれたちは廊下を歩いた。ドクが先に立ち、黒人とおれがあとからついていった。右側の最後のドアに近づくと、黒人がさっと前に出て、ポケットから真鍮のタグがついた鍵を出し、開錠する。電灯のスイッチをぱちりと入れ、ドクがそのわきをすり抜けて部屋に入った。

一流ホテルの平均的な客室といった感じの部屋だった。いくぶん個性的な要素としては、酒が二瓶入る(そして実際入っている)ミニバーと、三種類の煙草が入った回転式スタンドつき煙草乾燥器、それと数種の雑誌をおさめたマガジンラック。

ドクはバスルームの明かりをつけて、また黒人に食ってかかるように言った。

「何もかも準備してあるかね、えっ？　パジャマは、歯ブラシは、櫛は、髭剃り道具は？　靴下や下着やシャツはどうだ？——用意しろと言っておいたものは全部あるのかね？」

「そろえました。全部です。時間がなかったのは……」

「それもすぐやるんだ！　それとあの電話は部屋から出すように！　あれは——」ドクは言い訳するような目つきでおれを見た。「その、きみは電話などいらないと思うんだが、パット」

「ええ、いりません」

ドクは椅子にぐったり腰をおろし、頭をのけぞらせた。眼鏡をはずして、物思わしげにレンズを拭きはじめた。おれはドクが気の毒になって気まずかった。人の気持ちなどまるで考えない女のことでひとりの男が動揺するのを見るのは、いつだってちょっと悲しいものだ。

黒人は壁からプラグを抜き、電話機を持って出ていった。そして一、二分後に戻ってきて、いろいろなものを簞笥やバスルームにしまいはじめた。それが終わると、ドクはおれたちに一杯ずつ飲み物をつくらせた。

「今夜はとても疲れてるんだ、ウィリー」ドクはそう言って、若い黒人からグラスを受けとった。「つっけんどんな物言いをしているなら、謝るよ」

「全然かまいませんよ、ドクター」

「ミセス・ルーサーがあと一時間以内に帰ってきたら、わたしが帰っていると伝えてくれ」

「わかりました」

黒人は部屋を出て、音を立てずにドアを閉めた。ドクは手にしたグラスで室内を示した。

「どうだね、パット。ここでなんとかやっていけそうかな?」

「それはわかりませんが」おれは言った。「サンドストーンがどんな風かはご存じでしょう? あそこはすべてが一流で、お客さまが神さまです」

にやりと笑うドクにおれは、おれのためにそんなに骨を折ってくださらなくていいですよ、と言った。どんな穴ぐらででも暮らせますから。どんな場所でも同じように感謝します、と。

「感謝なんていいんだ、パット」とドクは言った。「わたしにはこれほど単純なことはないんだからね。とにかく、わたしのただひとりの援助するに値するゲストを粗略に扱う気にはなれないんだよ。ところで上院議員のことはどう思う?」

「おれは意見を持とうとはしていません」とおれは言った。「これから少なくとも二年間は、どんな意見もあなたのを借りるつもりです」

「それは文字どおりの意味で言っているんだろうね」

「そうです」

ドクはグラスのウィスキーを揺すり、それを覗きこんだ。「すべてがうまくいくことを切に望んでいるよ、パット。正直、きみは想像していたのとはずいぶんちがっている。わたしはまさかここまで強い個人的関心を――持つようになるとは思わなかった――つまりその、きみのような――」

「銀行強盗に？　おれは長くそれを商売にしていたわけじゃないですよ、ドク」

「もちろん関心を持ってよかったと思っているが」ドクはあとをつづけた。「わたしが言いたいのは、万一きみの身に不愉快なことが起きたら、思っていたよりも大きな打撃をわたし自身が受けそうだということなんだ」

「不愉快なこと？」

「きみの仮釈放のことだが」ドクはおれには理由のわからない急きこんだ口調でそうつけ加えた。「これが必ずしも正規の手順を踏んだものではないことは、きみも知っているだろう」

おれは唾をのんだ。ごくり、と大きく。「それはつまり、何か危ういことがあるというような……？」

「いや、そう興奮しないでくれ。わたしはただ、あすの朝、マートル・ブリスコーに会うときにわれわれがちょっと苦労するだろうと警告したかっただけだ。この女が誰だかは知っているね？　州矯正局長で、仮釈放委員会の委員長でもある」

「知っています」とおれは言った。「できれば――」

「マートルはきみを仮釈放してわたしとその関係者に委ねることをせず、きみを刑務所という地獄で腐らせようとした。心からそれがいいと信じてね。しかし当然、マートルもときどき州都を離れることがあって、そのときは知事が委員長を代行する。どの省庁や局に関しても、その長が不在のときは知事が代わりを務めると、法で定められているんだ」

「でも、実際の権限行使はしない建前になっている？」

「緊急のとき以外はね。わたしの見るかぎり、いまは緊急の事態が生じているとは言えない。ともかくそれは民主主義の原則を端的にあらわしている。マートルは有権者に選ばれた——何度も何度もだ——みんなは彼女の主義主張が好きなんだ。知事はといえば、自分ができるだけ多くのものを手に入れるためにだけ公職についている。有権者に与えているものはマートルとは別のものだ」

「それで——」おれはまた唾をのんだ。「——彼女には何ができるんですか、ドク？」

「きみに動揺してほしくないんだ、パット。きみは冷静な頭を持っている人のように思えた。いろいろなことをきちんと話し合えると思ったんだよ」

「きちんと話し合えます。サンドストーン流の取り乱し方はしないようにします」

「まあ、彼女にできることは何もないんだ。彼女自身、何もしようとしないだろう。いや、もちろん新聞記者に何か話したり、あちこちへ影響力を行使しようとするだろうが、いままでの実際の例からすると、たいしたことにはならないはずだ。きみはもう仮釈放されて外に出ている。彼女もその事実を自分のために利用するという戦術をとるだろう」

「どう利用できるんですか？」

「方法はいろいろあるが、わたしとしてはそのことを考えたいとは思わない」ドクはあくびをし、ゆっくりと椅子から腰をあげた。「とはいえ、そのことを考えるのはわたしの役目だ。あすの朝、表敬訪問をしたときに、ある程度わかるだろう」

「彼女に――どうしても会わなくてはいけませんか?」

「それは会わなくちゃいけない。何ごとも遅くなるのは非常に危険だ。それだけじゃない。きみは仮釈放期間中、毎月彼女に会うべきだと思う。彼女はきみのようなケースをただ普通に仕事をこなす保護観察官に任せるとは思わないよ」

「つまり」とおれは言った。「備えあれば憂いなし、と」

ドクは含み笑いをして、ドアのほうへ足を運んだ。「ますますいいね。きみについてわたしが正しい判断をしたことが嬉しいよ。あれこれ悩む人はとても厄介だからね」

「わかります。あなたにご迷惑をかけないようにします」

「まあ、変に遠慮をすることはない。きみはことをうまく運ぶために大いに人の助けを借りる必要があるが、わたしは喜んで助力させていただくよ。きみにはおかしな取り越し苦労をしないでもらいたい。きみ自身やわたしが混乱しないようにね」

おれたちはおやすみを言い合った。

おれは服を脱ぎはじめながら、ドクがおれのために便宜を図ってくれる動機は何だろう、そしてなぜこういう便宜の図り方をしてくれるのだろう、といぶかった。それは結局、彼が本当のところどういう人間なのかということと同じ問題だ。冷たい目をしてバークマン上院議員を脅しつけるのが本当のドクなのか、川の汚染に憤り、川を汚す連中と仲間であるのを恥じるのが本当のドクなのか。

いずれにせよ、確かなことがひとつある。刑務所のフィッシュ所長よりドクのほうがずっといいということだ。これからおれの身に何が起ころうと、サンドストーンに戻されるよりはいい。あそこに戻るくらいなら死んだほうがましだ。

そんなことを考えながら、おれは眠りについた。

枕もとの小さな目覚まし時計が七時に鳴った。シャワーを浴びてひげを剃っていると、白い上着を着た別の黒人の男が朝食のカートを押して入ってきた。

黒人はヘンリーと名乗り、ウィリーの弟だと礼儀正しく控えめな調子で言いそえた。そして入ってきてから五分後に出ていった。そのあいだに料理から銀のカバーをとり、カップにコーヒーを注ぎ、ポットに新聞を立てかけるという作業をこなした。

おれは服を着てテーブルについた。

ドクのコックはふたりのボーイと同じく一流の雇い人であるようだった。小ぶりのホットビスケット。ひと房ずつに分けて皮をむき、かき氷で包んだグレープフルーツ。それぞれのフレークがきちんと分離しているオートミール粥。宙に浮きあがるかと思うほど軽そうなふわふわの黄金色をしたベーコンオムレツ。

ドクは街に出るとき、自分が乗っていくセダンの運転をおれにさせた。おれはちょっと気が進まなかったものの、どうしてもと言うので従った。ステアリングコラムについているシフトレバーの操作に慣れると楽に運転できるようになった。

州都にはハイスクールの最上級生のときを最後に来たことがなかった。あのころは大きな公園がたくさんあり、どの通りも清潔で広く、つつましいけれど住み心地のよさそうな住宅が並んでいた。いまは街がごみごみして汚くなり、以前は小ぎれいな家が一軒建っていた土地に二軒、ときには三軒の小屋のような家がひしめいている。公園は油井櫓が林立する島と化し、まわりを鉄条網で囲われていた。高級な住宅もないことはなかった。敷地が一ブロック全体を占め、手入れのゆきとどいた広い庭のあるものもあった。だが、そうした家は街全体の衰退と汚れから目をそらしてくれるのではなく、それらを強調する役割を果たしていた。

おれはドクの指示した駐車場に車を駐めた。おれたちは何分か車内にとどまり、そのあいだにドクは書類をあらためた。それから無造作に書類を折り、後部座席に投げると、財布をとりだした。

「さあ、四十ドルだ、パット。これで給料日までなんとかしのげるだろう」

「あの――」

「わかっている。感謝しているんだろう。きみはその感謝の気持ちを表わしたいと思っている。このことであれ、ほかのことであれ、過去のことであれ、継続中のことであれ、きみが感謝の気持ちを表わすのにいい機会が訪れたら、わたしから知らせるよ。ほかに何か言いたいことは?」

「ありがとうございます、と言うつもりでしたけど、よしたほうがいいようですね」

「いま言ってもらったよ。さて、服をどうにかしようか」

おれたちは通りを渡り、角まで歩いた。ドクはある店の入り口へおれを導いた。

背が高く、髪が灰色で、黒い上着に縞柄のズボンという服装の男が出てきた。

「こんにちは、ドクター」と男は言った。「何かお役に立てることがありますでしょうか?」

ドクはそっけない身振りで男と握手をした。「わたしの友人に服を買いそろえたいんだ。こちらはミスター・コスグローヴだ、ウィリアムズ」

「はい、承知いたしました」ウィリアムズは微笑みを輝かせ、おれの手を優しく握った。おれのいまの服装は気にならないらしかった。

「ミスター・コスグローヴは長いあいだ病気だった」ドクは説明をつづけた。「必要な服をひととおり買わなくちゃいけないんだが、あと一時間ほどで人に会うのでね。とりあえずすぐ着られるカジュアルなものを一着見繕ってくれるかな。それとスーツを二着つくるから採寸を頼む。あとはネクタイやら何やら、いろいろ。そっちはあとで家に配達してくれ」

「はい、すぐにとりかかります。では、どうぞなかへ……」

ドクはすぐには動かず、入り口近くのツイードのブレザーを見た。それから店内に入ろうとしかけてやめ、外の通りに目をやった。そしてからだをこわばらせた。

「わたしはいっしょに入っている余裕がない」ドクは急いで言った。「終わったら車へ来てくれ、パット。じゃ、ウィリアムズ、ミスター・コスグローヴをよろしく」

「かしこまりました、ドクター」

「わたしの勘定につけてくれ」

「わかりました、ドクター。さあどうぞ、ミスター・コスグローヴ」

ドクは腹を立てているような足取りでさっさと通りを渡っていった。おれはウィリアムズのあとから店内に入った。

つづく三十分間は喜劇の場面のようだった。靴をはかされては脱がされ、上着を肩にかけられては剝がされた。ズボンをはくあいだに頭に帽子をのせられた。フロックコートを着た店員の軍団が上着やズボン、ネクタイやシャツ、帽子や靴を持って、おれのまわりを動きまわった。ウィリアムズは、「ああこれだ」、「ぴったりです」、「これはちがいますね」などと言った。

それから軍団の大半が引っこみ、ウィリアムズと店員ひとりだけが残った。店員はおれの上着の胸ポケットに麻のハンカチを挿しこみ、ウィリアムズはおれに三面鏡のほうを向かせた。

「何をどうしてくれたのかわからないけど、仕上がりましたね」おれはしばらくしてようやく言った。おれとウィリアムズの一党と、どちらがより気分がよくなるべきなのか、わからなかった。

入り口まで見送りにきたウィリアムズと、また握手をした。それから通りを横切って駐車場に向かった。

いまはもう駐車スペースがかなり埋まっていて、ドクの車の両側にも車が駐められていた。ドクのセダンのすぐうしろに来て初めて、ドクが誰かといっしょなのを知った。ドアを叩きつけて閉める音と、男が罵る声が聞こえた。

「あんたは馬鹿だ!」男は言った。「くだらない嫉妬で何もかも台無しにしようとしている!」

「それなら嫉妬の原因をつくらないでくれ」ドクも険悪な声で応じた。「あれはわたしの妻だ。それを覚えておいてもらおう」

「ただのビジネスだと言ったろう！」

「ビジネスであろうとなかろうと――」

「もう知らん！　それでどうにかなると思うなら、何かやってみるといい！」

男は二台の車のあいだから弾むような足取りで出てきた。うつむいて、怒りで何も見えていない様子だった。おれはわざとぶつかり、男の足の前に自分の足を出した。男がつんのめると、喉笛を肘で突いてやった。

おれは両手で男のからだをつかみ、倒れないように支えた。

それはハンサムな、四十くらいの男だった。髪はブルネットで、目つきが鋭く、不敵な面がまえをしていた。ミセス・ルーサーが好いているかもしれないそうだが、理由はわかる気がした。おれも理屈ぬきに、いやおうなく、好感を抱いてしまった。おれは男を一撃したが、男はおれを一度だけ睨みつけたあとは、微笑もうとした。

ドクが車からおりてきて、おれが男を支えるのを手助けした。ドクは何やら不満げな目でおれを見た。

「大丈夫か、ビル?」ドクは訊いた。「何かしてほしいことはあるか?」

男はかぶりを振った。「いや——ちょっと時間をくれ。じきによくなるから」

「こういうことをしないでもらいたかったな、パット」ドクは言った。「まったく不必要なことだ」

「すみません」とおれは言った。「ものの弾みなんです」

「大事《おおごと》になったかもしれないぞ。さっきわたしが見た感じでは——」

「そう怒鳴らなくてもいいよ!」男はからだをまっすぐに起こし、それから普通の声で言った。「パットはきみが困っていると思って、助けようとしたんだ。小言はやめて、紹介してくれないか」

「わかった」とドクは言った。「この人はミスター・ハーデスティ、こっちはパット・コスグローヴだ。ミスター・ハーデスティは弁護士だよ、パット。サンドストーンからの仮釈放を実現するのに力を貸してくれた」

この人もか、とおれは思った。そういう人が何人いるんだ、いくらかかったんだ、なぜ骨を折ってくれるんだ……？

「そのチャンスが持てて嬉しかったよ！」ハーデスティはおれの手を握りしめた。「きみは相当ひどい目にあっていたね。うまく出てこられてよかった」

「どうもありがとうございました」とおれは言った。

「どういたしまして。きみの人柄が気に入ったよ、パット。友人を守ろうとする人を見るのはいいものだ」温かみのある暗い色の目が称賛するような足取りでおれの全身を旅した。「彼は百万ドルの心を持つ男のように見える。そうじゃないか、ドク？」

「パットとわたしはこれから用がある」ドクは言った。「パットの仮釈放のことで、矯正局長に会いにいくんだ」

「イカレた《マッド》マートルにか」ハーデスティは含み笑いをした。「羨ましいとは言えないね。もしあの女があまり面倒なことを言うようなら――」

「なんとかうまく扱えると思うよ」とドクは言った。

「きみに扱えないなら誰にも扱えまい」ハーデスティはドクに同意した。にっこり笑い、おれにうなずきかけて、口笛を吹きながら歩み去った。ドクが助手席に乗りこみ、おれは運転席について、車を州会議事堂に向かって走らせた。

何ブロックかのあいだ、ドクは黙っていた。新聞に読みふけっているようだった。それから、おれには見慣れたものとなった動作をまた繰り返した――新聞を折りたたんで肩越しにうしろへ放り投げたのだ――そしてこう言った。

「わたしとハーデスティの話で、何が聞こえたかね?」

「たいして聞こえませんでした」とおれは言った。

「何が聞こえたかと訊いたんだが」

「ミセス・ルーサーに近づくなと、あなたが言うのが聞こえました。するとあの人は罵りのことばを口にして、あなたは嫉妬しているだけだと言いました」

ドクは上半身をひねっておれのほうを向いた。眼鏡の分厚いレンズ越しの強い視線が感じられた。だが、何かが――信じがたいことだが、おれには恐怖のように感じられた何かが――ドクの感情の爆発を抑えこんだ。

「わたしの言い方がわかりにくかったのかもしれないね、パット」ドクはやわらかな声で言った。「きみは記憶力がとてもいい。何度もテストをしたから知っている。さあ！　きみが聞いたことを、一語一語、そのまま言ってくれたまえ」

おれはそうした。一語一語、そのまま言った。

「きみはそれをどう思う、パット？　何か質問はあるかね？」

「特にどうも思いません。質問はないです」

ドクはまた椅子にもたれた。そして静かに笑った。

「ハーデスティはいい男だが」とドクは言った。「ちょっとカッとなりやすい。きみはあの男の頭を冷やしたよ」

「そのことは申し訳ないです」とおれは言った。「あなたがまだ彼に用があるのかもしれないと思って、あなたのために引き留めようとしたんです」

「そのことはありがたいと思ったよ」ドクはおれの膝にちょっと手を置いた。「しかし、必要のないことだった。いまはもうきみにもわかっているとおりね。ハーデスティとわたしは、実際にはとてもいい友達同士だ」ドクはつづけた。「ミセス・ルーサーはしばらく前にささやかな地所を相続したんだが、その法律事務をハーデスティが引き受けてきた。ハーデスティは、相手が男でも女でも、話をするときは馴れ馴れしい感じになる。わたしには妻への彼の態度になんの意味もないことがわかっているべきだった。でもわたしは妻のことになるとあまり理性的でいられなくなるんだよ」

「わかります」

「まあ、このことはもういい」とドク。「服装はいい感じに調《ととの》ったな、パット。すぐにはきみだとわからなかったよ」

「その手柄《クレジット》はウィリアムズのものです」

「では彼の手柄《クレジット》を称えよう」ドクはルームミラーに映ったおれに笑いかけた。「それと、きみの服はクレジットで買った――きみが代金支払いのことを心配しているといけないから言うとね」

「それを聞いて安心しました」

「なに。このことはもうこれでいい。さあ着いたぞ」

おれは州会議事堂の敷地内を走る通路に駐車した。おれたちは芝生を横切り、正面玄関の前の大理石の階段をのぼりはじめた。

おれたちは人の多い廊下を突き進んだ。ドクはときどき誰かに声をかけたり、誰かから声をかけられたりした。がたがた震えるエレベーターで最上階の四階まであがった——箱からおりるとき、ドクは「いざ〝反逆者どもの巣〟へ」とつぶやいた。

中央の廊下からわきに入り、狭い廊下を何度か曲がった。おれがドクは道に迷ったのではないかと思いはじめたとき、次のような標示のあるドアの前に来た。

矯正局

局長：マートル・ブリスコー

ドクは煙草を捨てて帽子を脱いだ。おれはもう自分の帽子を手に持っていた。ドクはネクタイを最後にぽんと叩くと、胸を張って、ドアをあけた。

細面で顎がとがり、油じみた髪をして角縁眼鏡をかけた若い女が、タイプライターを猛烈に叩いていた。

おれたちが入っていくと目をあげ、微笑みを浮かべかけたが——途中で気が変わったらしかった。脂っぽい鼻のふたつの穴がひくひく動いた。

「なんでしょう！」と女は言った。

「こんにちは」ドクは言った。「ミス・ブリスコーに、ドクター・ルーサーとミスター・コスグローヴが来たと伝えてもらえるかな」

「はい！」若い女はぴしっと言った。「もちろんお伝えします！」

立ちあがって、〝局長室〟の標示があるドアの前まで行き、ノックをした。そしてドアをあけ、なかに首を突っこんだ。

「ミス・ブリスコー、**ドクター**・ルーサーと**ミスター**・コスグローヴがいらっしゃいまし——」

大音声がそのことばを断ち切った。「現われたのね。それじゃ金庫の鍵をかけて、なかへ入れて！　ふたりともね！」

若い女は振り返った。顔を上気させ、意地の悪い微笑みを浮かべていた。

「お入りください——**お客さま方**」

おれたちは局長室に入り、うしろで若い女がドアを閉めた。

この地方の受刑者と元受刑者は、おそらくひとり残らずマートル・ブリスコーの名前を聞いたことがあるだろう。彼女はこの〝政治家の良心の墓場〟で公選の公務員を三十年つづけてきて、ずっと廉直なままでいた。

身長は、頭の天辺のくすんだ赤毛のお団子も含めて百五十センチほどしかない。襟の高い白いシャツワンピース、踝の上まであるボタン留めの靴、馬の鞍下毛布のようなスカート。

おれたちが入っていくと、ブリスコーは立ちあがったが、握手は求めてこず、「そこへすわって」とぶっきらぼうに言った。「だめだめ！　椅子は横に並べといてちょうだい。あんた方をしっかり見張っておきたいから！」

ドクが言った。「それは、ミス・ブリスコー、あんまりな——」

「お黙り！」ブリスコーは怒鳴った。「そのでかい口はわたしがいいと言うまで閉じておきなさい！　コスグローヴ、その服はどこで手に入れたの？　まるで質屋のセールスマンみたいだけど」

「ミス・ブリスコー」とドクがまた言う。「そういう赦しがたい暴言は――」

「黙りなさい！　で、コスグローヴ？」

「ドクター・ルーサーが買ってくれました」

「なぜ？」

「服を着ないと寒すぎるからです」おれは言った。「それと刑務所の予算の被服費がもう尽きてしまったらしいんです」

「そうなの？」ブリスコーは椅子の背にもたれた。「なぜお金が尽きてしまったか見当はつく？」

「いえ。おれはその刑務所に十五年間入っていましたから」

ブリスコーは苦々しげに含み笑いをした。「いいわ、コスグローヴ。いまの話題はわたしが持ち出したのだから、州のお金がなぜ足りないかはわたしが教えてあげる。サンドストーン刑務所にはなぜ図書を購入するお金がないのか。なぜあそこの食事はまずいのか。なぜかつての全米有数の金持ち州がこんな貧乏州になったのか……」

「すみません、ミス・ブリスコー」おれは言った。「別にそういうことを言おうとしたんじゃ——」

「それはわたしたちがドブネズミどもに食われてるからよ。ドブネズミどもに、わかる？　やつらの呼び名はそれしかない。やつらがどれだけいい服を着て、上品に話して、自分らに協力する連中に寛大に——何が寛大だか！——振る舞うとしてもね。

それはまさにドブネズミのやることでしょ。質の悪い学校教科書を子供たちに押しつけたり、ひと世代の子供たちに無知のまま育っていくしかない状況を強いたり、危険な幹線道路を補修せずに放置しておきながら高い給料をとったり、火災に弱い建物をつくって無力な老人たちを住まわせたり、二千人の人員を配置してひとりの心を病んだ犯罪者を飢えさせ、拷問して、そう、そして死なせたり。どう、コスグローヴ、とくにあなたなんかはわたしの意見に賛成するはずよ」

「ブルッキングズ研究所の報告書は読みました」とおれは言った。

「ああそう。それは感心！　でもどう？　うちの局の職員がサンドストーンへ調査に行ったとき、あなたはどうした？　あそこであなたが直面していた問題点を話した？」

「いいえ」

「そうでしょ。話さなかったでしょ！　トップが女で、低予算でやってる部局なんかから人が来ても――」

「でも話した人を何人か知っていますよ」

「そう」ブリスコーは平板に言った。そのあとたっぷり一分ほど黙っていた。それからため息をつき、顔をしかめ、ドクを見た。「ドクター、なぜコスグローヴの仮釈放申請は通常のやり方で行なわれなかったの？」

「えーと、それはですね――」ドクは言いよどみ、上唇を突き出た歯の上に引きおろした。「バークマン上院議員の考えに従って――」

「バークマン上院議員は生まれてこのかた考えなんてものを持ったことのない人よ。それにあなたから、わたしがノーと言っていると話すこともできたでしょ！　あなたを身元引受人とする仮釈放をわたしが許可しないことを、あなたは知っていた。そうでしょ？　ああ、答えなくていい。コスグローヴはどこで雇われるの？　あなたのあの売春宿？」

「ミス・ブリスコー」ドクは険悪な口調で言った。「いまのは聞き捨てなりませんな」

「ウー、ウー」マートル・ブリスコーは犬が唸るような声を出したあと、にやりと笑った。「で、勤め先は?」

「どこか州の役所で働いてもらうつもりです。もちろん当面はわたしに雇われている形になるが、いずれ――」

「知ってる。あなたのやり口は知ってる。どうなの、コスグローヴ? あなたは桶に入った税金をがつがつ食うブタになりたいわけ?」

おれはブリスコーに微笑みかけた。相手は皮肉な渋面で応じた。

「馬鹿なことを訊くと思ってるのね? ドクはあなたのためにたくさんお金を使う理由を説明してくれた?」

「出してもらったお金はあとでお返ししようと思っています」とおれは答えた。

「どうやって?」ブリスコーはドクが部屋にいないかのような話し方をした。「この手のことがどれだけ高くつくか知ってるの、レッド? ハーデスティも一枚嚙んでる。バークマンも。ほかの州会議員も何人か。バークマンがうまく乗せて、いっしょに知事に圧力をかけたのよ」

「ミス・ブリスコー――」

「ドク、黙ってないとここから叩き出すわよ……さあ、これがあなたの置かれている状況なの、レッド。大まかな構図だけどね。ドクがあなたを娑婆へ出すために実際に大金を出したとは言わない。彼とその仲間はいろんな誓約をするのよ。ある人たちに図っていた便宜を黙ってほかの人たちに向けかえる。彼らは影響力をうんと行使する――いまの彼らに使える影響力を。さて、なぜ彼らがそんなことをすると思う、レッド?」

「理由はわかっています」おれは言った。「でも、説明はドクターからしてもらってください」

「頭がいいわね」ブリスコーは目を細くした。「あなたは料理もできるの?」

「ミス・ブリスコー」ドクが言った。「信じてもらいたいんだが、わたしがパットの手助けをした理由はひとつ。彼が助力を必要としていて、助力を受けるに値する人物で、わたしがその助力を与えられる立場にあったことです」

「あなたがそれをわたしに信じてもらいたがっているのは知ってる」

「パットは強盗罪で十五年間服役したが、その事件では何も盗まれていないし、誰も傷ついてはいない。彼が刑に服したのは犯罪者だったからではなく、犯罪者ではなかったからです。彼は少年院に送られるべきでした」

「その点は正しいわね」ブリスコーはしぶしぶ認めた。

「パットは仮釈放の資格ができたあともサンドストーンに五年とどまった。十年の服役ですら恐ろしく過剰な刑罰なのに、そこからさらに五年間収監されていた。もしかしたら生涯閉じこめられていたかもしれない。味方になってくれる人がいなくてお金がなかったというだけの理由で」

「その彼をあなたが解放してあげた。純然たる善意から、と言いたいわけね」

「こんな風に考えてくれませんか」ドクはゆっくりと言った。「わたしは――多くの間違いを犯してきた。でもパットを助けることで、その間違いのいくつかの償いができるかもしれないのだと」

ブリスコーは両肘を机の上につき、両手の上に顎をのせて、ドクを見つめた。

「まったく、ドク、それを信じたいとは思うけどね」

「本当なんです」

「本当かもしれないし、本当でないかもしれない。わたしは長年のあいだに大勢の悪党どもを見てきて――」途中で言いさした。「パット――レッド、サンドストーンはそれほどいいところじゃないでしょ」

「はいと言ったらどうなりますか?」とおれ。「逆にいいえと言ったら?」

「もういいわ。でも矯正施設は一種類じゃないのよ、レッド。塀のないところもあるの」

「知っています。おれは図書係でしたから」

「あなたがそこで何かを学んだことを願っているわ。あなたはひどい目に遭った。これからもっとひどい目に遭うのでなければいいんだけどね。まあわたしが何を願ってもたいした違いはない。わたしもみんなと同じで、協調しなくちゃいけないわ。わたしがそうすることをドクは知っている。そうよね、ドク？」

「もちろん、あなたからの協力を期待していましたよ、ミス・ブリスコー」

「わたしは協調する——今回は。でも誤解しないでね、ドク。選挙が近づいているわ。わたしはもう手箒で家の掃除をするのはうんざりなのよ」

マートル・ブリスコーは机の向こうから出てきておれの両腕をぐっとつかみ、顔を見あげてきた。

「服のことは冗談よ。ちゃんとした身なりに見えるわ——あなたはこれからちゃんとしてなきゃだめ。どんなに難しくても、わたしたちのどちらもが馬鹿げていると思うようなときでもね。言ってることはわかるでしょ。酒、女遊び、喧嘩、そういうのはだめ。本にそういうことが書いてあるでしょ。本に書いてあるようなことを、わたしも言っておくわ」

「わかりました」

「もしかしたら」とブリスコーは言った。「もしかしたら——いや、いい、さあもう出ていって！」

7

州会議事堂の地階にレストランがあり、ドクとおれはそこで昼食をとった。どちらもそれほど空腹ではなかったので、それぞれサラダとロールパンとひと瓶のエールをとっただけだった。

何人かの人がテーブルにやってきた。フランダーズ上院議員はひとりの男といっしょだったが、その男はたぶんある教科書会社の営業員だった。なんとか局長という人も来たが、名前はちゃんと聞きとれなかった。クロナップという上院議員も来た。この数人の全員を、おれはあとでドクの家で、ときどき見かけることになる。

おれたちがエールを飲み終えるころ、バークマン上院議員がレストランに入ってきて、おれたちのテーブルについた。目の下がぷくりとふくれ、声がこの前の夜よりもさらにしゃがれていた。

ドクはバークマンにマートル・ブリスコーのことを話した。

「マートルは次回の選挙に立たないかもしれないとほのめかしたよ。どちらかというと脅しだった」

「馬鹿な！　たまたま知ってるんだが、彼女はもう選挙運動の準備を始めている。それにどのみち出馬する必要もない。書き込み投票（訳注―投票用紙に名前が印刷されていない人への投票。これによる当選を認めている州が多い）で当選するだろうからな」

バークマンは毒づいた。「あのババアのやりそうなことだ！　あの女にちょっといい思いをさせてやらなくちゃいけないぞ、ドク。もっといいポストにつかせるんだ。別の調査員をあてがって」

「その考えは悪くないかもな」

「昼からいっしょにあちこちまわってくれ、ドク。きみから知事に話してもらいたい――」バークマンはことばを切り、ドクからおれに視線を移した。「いや、きみにこう言おうと思ったんだ、パット。きみに約束の仕事をとってあげたからね。明日の朝、ハイウェイ局へ行って、ミスター・フレミングに会いたまえ」

「どうもありがとうございます。何時ごろ行けばいいですか？」

「何時でもいい。とにかく午前中だ」

「賃金はいかほどだね？」

「二百五十。とりあえずこれが精一杯だ」

ドクは肩をすくめた。「最悪というわけでもないかな。どうだね、パット？　月給二百五十ドルの仕事。やってみるか？」

「喜んで」おれは言った。「とにかく働ければいいんです」

バークマンは目を大きく見ひらいた。それからまた椅子に背をあずけ、大声で笑った。ドクは含み笑いをした。「仕事はそう難しくないよ」ドクはくっきり刻みつけるように言いながら、勘定書きに手をのばした。「わたしはいまから二時間ほど用事があるが、きみは何かやりたいことがあるかね？」

「とくにないですが」おれは答えた。「議事堂の周辺をぶらぶらするのもいいかなと」

「それはいい。きちんとした服装とはどんなものかみんなに見せてやりたまえ。あとでまたここへ来て、何か食べるか飲むかするのもいい」

「まあ、歩きまわるだけにします。どこで落ち合いますか」

「そうだな」ドクは腕時計を見る。「ここの正面玄関にしようか」

おれはわかりましたと言い、上院議員と握手をして、レストランを出た。

州立歴史博物館を見つけるのに一時間近くかかった。展示用のケースや棚はほとんどが空だった。古い黄ばんだ札がこう案内していた。

この展示品は現在貸出中です

次に州立図書館へ行った――〝改修工事のため閉館〟していた。時間がなくなってきたので、ハイウェイ局の場所を確かめたあと、ドクを待つために州会議事堂の正面玄関に戻った。

石の手すりにもたれて煙草に火をつけようとしたときだった。その女が出てきたのは。外見を説明する気にはなれない。外見の特徴をいくら並べてもその人の本性がわかることはめったにないからだ。

若い娘ではない――小柄だがからだの線は成熟した大人の女のそれだ――若い女に見せかけようともしておらず、外見からいえばその逆だった。彼女はただ、彼女自身だった。永遠に若くて陽気な人。いまとは別の振る舞い方や服装をしているところは想像できなかった。

着ているのは無地の青いドレスで、襟が白く、白の細いベルトをうしろで結んでいた。踵の低い靴をはき、足にはひきしまった肉がしっかりとついて、ふくらはぎは丸みを帯び、たぶんストッキングをはいていなかった。つばが皿のような形をした黒い麦藁帽子を、ゴム紐で腕にひっかけていた。茶色いさらさらの髪はうしろで束ね、細い白のリボンで縛ってあるが、カールした髪の濃い束はかろうじて肩に届く長さしかなかった。

彼女は階段をおりる寸前でちょっと立ちどまり、幸福そうに深呼吸をした。茶色い目に小さめのまっすぐな鼻、その顔全体が上機嫌な表情で、くしゃっとなった。彼女はおれに微笑みかけていた。もちろんおれを見ていたわけではない。単に天気がよくて、彼女自身がはつらつとした気分で、気持ちがいいから、微笑んだのだ。

それから軽快な足取りで階段をおりてきた。腕にかけた帽子が揺れ、ベルトがお尻を軽く叩いた。

おれは走ってあとを追いたかった。名前を訊き、なんとかして引きとめたかった。行ってしまわないようにしたかった。でもおれは自分が何者であるかを思い出した——ドクのこと——マートル・ブリスコーのこと——サンドストーンのこと——それらを思い出すと、じっと動かずに見送るしかなかった。胸くそ悪い、空っぽの、迷子になったような気分を抱えたまま。

彼女は歩道から車道におり、駐めてある車の列に沿って歩きだした。

そしてドクの黒い大型セダンのわきで足をとめ、ちらりとうしろを振り返ったあと、ドアをあけた。

おれはしばらく突っ立っていた。いま見たものが信じられない、あるいはそれを信じたくない気分だった。それから階段を二段飛ばしでおりた。道路を横切り、背をかがめて、反対側の車の列に沿って走った。ドクのセダンの真横に来ると、音を立てないようにしてバンパーを飛び越え、彼女のうしろへ近づいた。

彼女は車のシートに両膝をつき、おれのほうに背中を——まあ、正確には背中ではないが——向けていた。彼女はシートカバーのファスナーを引きあけ、カバーとシートのあいだに手を入れてしばらく探っていた。そして縦長の分厚い茶封筒をとりだした。

彼女はドアステップに片足をのせ、うしろにさがりはじめた。おれは立ちはだかった。彼女はからだを軽くもぞもぞさせた。背後に人がいるのに気づいていなかった。ぐっとうしろに押してこようとした。おれは押し返した。

彼女が振り返った。

「あら」女は息をのんだ。口をぽかんとあけた。それからまた例のくしゃっとした笑顔になり、小首をかしげた。「まあ、あきれた」からかうような、叱るような口調で言った。

「女の子と知り合うのにはまず声をかけるべきじゃない?」

おれは一歩さがった。顔が真っ赤なのがわかった。「おれはドクター・ルーサーの連れなんだ」そう言って車に顎をしゃくった。「いま盗んだだろう……その封筒を」

「ちがうわよ!」女は口もとの表情で大げさに驚きをあらわした。「あなたはなんというお名前なの、赤毛のハンサムさん?」

「おれの名前はコスグローヴ。パトリック・コスグローヴ。その封筒はこっちへもらうよ」

「だめよ」女はすぐさま言った。目がきよろきよろ踊った。

「さあ、いいから、お嬢《ミ》さん《ス》——」

「フラワノイ。マデリン・フラワノイよ」

「おれがきみの名前を知りたがっていると思っているのかもしれないけど、別に知りたくないんだ。いいからそれを——」

「わたしはドクに雇われてるのよ。この契約書をとってくるように言われたの。さあ、これでいい? それとも取っ組み合いをやりたい?」

「ドクに雇われているなら、これからいっしょにドクのところへ行ってもいいね?」

「いいわよ、パッツィ」女は即座に答えた。「でもわたし、赤毛の人の言うなりにはならない主義なのよね」

「悪いけど、いっしょにドクのところへ行くか、ここでドクを待つか、どちらかにしてもらうよ」

女は封筒と帽子を背中のうしろへまわし、頭を垂れて、おれのほうへ向かってきた。そしてどしんとからだをぶつけてきた。ぎりっという歯軋りの音が聞こえた。

おれは手を女のうしろへまわして封筒をつかもうとした。が、代わりに帽子をつかんでしまい、腕にひっかけてあるゴム紐をちぎってしまった。帽子は車のステップに落ち、おれたちのあいだに転がった。

「あー、やってくれたわね」女は非難の口調で言った。

「ごめん」

おれたちは同時に帽子に手をのばした。頭と頭がごっつんこし、痛みが走った。ひどい衝撃が来たので、彼女のほうがもっと痛かったにちがいないと思った。女の顔がさっと青ざめた。

おれはまた謝り、帽子を拾いあげようとした。

女はおれの顎に思いきり強く膝をぶちあてた。おれは気絶しそうになった。

女は痛みに対して本能的な、動物として自然な反応をしたのだ。そしておれの反応も本能的なものだった。

女の両足首をつかんで、ぐいと上に引きあげた。

女は幸いにもドアがひらいていた車のなかへ飛びこみ、シートの上に落ちてはずんだ。両足は宙にはねあがり、ドレスがめくれて頭を覆った。

「いったいこれは何事だね?」とドク・ルーサーが言った。

8

ドクは砂色の髪の上にかぶった帽子を低く引きおろし、出っ歯の下に少量の唾をつけていた。おれを片側へ押しやり、女をシートから邪険に引きあげた。

「一体全体どうしたっていうんだ、マデリン?」ドクは口荒く言った。「契約書をとってきてくれと頼んだのは三十分前だ。なのに待てど暮らせど持ってこないから、相手方はしびれを切らして行ってしまった。それでここへ来てみたら、男に尻を——尻を見せて——」

「お尻じゃない。腰の下のほうよ」女は口をとがらせた。

「つまらん言い訳をするな! 子供じゃあるまいし。きみに払ってるのは子供のお駄賃ほどの端金じゃないぞ! 馬鹿なことをやめてちゃんと仕事をしないのなら、ほかのやる気のある人間に頼むからね」

「そんなの無理無理!」マデリンは言った。「見つかりっこない。わたしの半分ほども事情がわかってる人間はね」〝わかってる〟をほんの少し強調した。

「まったく!」ドクは無力感をあらわにマデリンを見、ほかに何を言いたかったのかわからないが、それをのみこんでしまった。

「おれが悪いんです、ドク」とおれは言った。「この人が車から封筒をとるのを見て、誤解してしまって」

「わたし、この人に意地悪しちゃった」とマデリンは言った。「いかにもわたしらしい変なやり方で」

「想像できるよ」とドクは言った。「しかし、わたしのせいでもあるだろうね。パットが玄関で待っていることを忘れていた。それはともかく、きみたちにきちんと知り合いになってもらおうか」

ドクはおれたちを簡単に紹介して、車のドアをあけた。「今夜のうちにこの契約書の写しをもう一通つくってくれ、マデリン」とドクは言った。「そして明日の午後、こっちへ持ってくるんだ。同じ場所、同じ時刻に。時間厳守で！」

「今夜はショー見物に行くんだけど」

「行きたまえ。朝早く起きて作業をするといい。いつやろうとこっちはかまわない」

「そう――」マデリンは車のそばに立って不機嫌な顔をしていた。そして左手で車の側面の埃の上に住所らしきものをひとつ書き、その下に〝正午に〟と書き添えた。「それであの、車で送っていってもらえるわよね?」

「わたしとパットはこれから大事な用がある」とドクは冷ややかに言った。「さあ乗りたまえ、パット」

おれは埃の上の字を消して、マデリンにうなずきかけ、車の向こう側にまわった。おれが車を出すと、マデリンは両手をうしろにまわして、ドクに舌を出した。

「あの女が」とドクはつぶやいた。「わたしにとってそんなに大事な女でなかったら……」

「秘書ですか、彼女?」

「名目はそうだが、実際はそれ以上だ。普通秘書の仕事に含まれないこともする。彼女は知っている――さっき聞いただろう。知っているんだ」

「なるほど」

「人に同情するとどんな目に遭うか。その典型的な例だよ、これは」ドクはうんざりした調子で話をつづけた。「初めて出会ったとき、彼女はビジネス系の単科大学を出たばかりで、わたしは無力で気の毒な小娘だと思った。叔母に育てられたが、十六歳で追い出された――いまのわたしにはその理由がわかるがね! ウェイトレスとして働きながら大学に通ったが、そのあいだは意地の悪い男の客たちに侮辱されつづけた。だからわたしのような優しい父親的な男のために一生懸命働きたいと思っていたんだ。良き相談相手になってくれる男のためにね。ところが……」

おれは言わんとするところを理解して笑った。「けっこういろいろ面倒を起こしそうな人ですね、彼女」

「ああ、もう参ってしまうよ。ただ頭がよくて何でもてきぱきやるし、周囲の人間もいろいろありつつも彼女に好意を抱いている。彼女に対してはついガードをさげてしまって、そのうち彼女が見掛けどおりのうわついた小娘というわけでもないことに気づくんだ。彼女は――」

「すみません、ドク。どこへ行けばいいんですか?」

「そりゃまあ家だろうな。ほかにきみの行きたいところでもあれば別だが」

「それはないですけど、たしか、さっき大事な用が――」

「あれはマデリンを追い払うための口実だ。彼女を仕事で使ってはいるが、移動の足になってやる義理はない――個人的な関わりを持つ必要はないんだ。それでだね、パット……」

「はい」話題が何かはわかった。

「きみにも彼女から距離をとってほしいんだ。きみがわたしに誠実な気持ちと感謝の念を持ってくれているのは知っている。わたしの害になるかもしれないことを故意にすることはないのをね。しかし、わたしのしていることにごく密接に関係しているふたりの人間が親しくなるというのは単純によくない。わかるかな、パット。わたしは許さないからね」

ドクは首をめぐらしておれを見た。おれは大きくうなずいた。ちゃんとした声が出るかどうか自信がなかったからだ。

ドクは言った。「信用しているよ」

おれは家の前でドクをおろし、車を奥のガレージに入れた。

そのとき別の車――前の夜に見たスポーツオープンカーが、車回しをやってきた。車はセダンの隣の区画に飛びこんだ。タイヤが滑り、ガレージの奥の壁に大きな音を立ててぶつかったが、どうやら運転者に怪我はなかったようだ。

女が車をおり、おれのほうへすたすた歩いてきて、微笑みながら手を出した。

並みより背が高くて痩せ形だが、からだにはどこかやわらかな感じがあった。髪は灰色がかったブロンドで、染みのない滑らかな肌をしている。ブロンドの女はそのような肌をしていてほしいが、実際にはめったにいない。注文仕立ての淡黄褐色のスーツを着て、肩にキツネの毛皮の襟巻をかけている。

手短に言うと、三十前後のとても美しい女だった。立ち居振る舞いが少し芝居がかっているが、美しい女であるのは確かで、それ以外の何ものでもなかった。

「あなた、パット・コスグローヴね」女はそう言って、手を軽く下におろし、おれの手を握った。「ドクターからいろいろ話を聞いているわ。あたしはライラ・ルーサー」

「初めまして、ミセス・ルーサー」とおれは言った。

「ゆうべ挨拶しようと思ったけど、あなたは疲れているだろうってドクターが言うから。今朝はもちろんあたしが目をあける前にドクターがあなたを連れ出しちゃったし」

「はあ……」

「さ、来て」ミセス・ルーサーはおれの腕に手をかけた。「あなたのお部屋を見せて。すごく快適なはずだってドクターは言うけど、本当かどうかは、もちろん知らないわよね。彼って変わった人じゃない？　優しいけど。とっても優しいけど」

「おれはドクが好きです」おれは反論のように響かないよう気をつけた。「部屋は快適ですよ。おれは——」

「そりゃそうよね」ミセス・ルーサーは肩をすくめた。「もちろん、あなたは彼が好きでしょうね。その好きというのがまじめな気持ちじゃないと言ってるんじゃないのよ。まじめな好意だというのはすぐわかったわ。ミスター・ハーデスティは知ってる？　あたしはあの人が大好きだけど、あなたはどう？　人当たりのいい、誠実な人よね。とっても、えーと、変でない人」

ミセス・ルーサーはおれたちが車回しを戻り、小径をたどって玄関までまわるあいだずっとしゃべっていた。どうやら自分の声のひびきに聞き惚れているらしく、おれが緊張して押し黙っていることには気づかないようだった。

自分の、というか、自分とドクのアパートメントの玄関で、ミセス・ルーサーは勢いよくノックをして叫んだ。

「ドクター！　ちょっとミスター・コスグローヴの部屋へ行ってくるわね！」

それから返事も聞かず、おれを促して、いっしょに廊下を歩いた。長い脚のやわらかい太腿がおれの太腿にこすれてきた。

おれは自分の部屋の鍵をあけ、彼女のためにドアを押しあけた。彼女がおれの腕をとり、おれたちはいっしょになかに入った。

「ふうん」ミセス・ルーサーは批評する目で室内を見る。「あなたの待遇はそう悪くはないわね」

「おれがいままで住んだどの部屋よりもずっといいですよ」とおれは言った。「おれはほんとに何も要らない人間なんです、ミセス・ルーサー」

「何も要らないの？」ミセス・ルーサーはおれの腕をつかんだ手に悪戯っぽく力をこめた。「あたしは要るわ。飲み物が」

「あ、あの――それじゃ――」

「なあに？」ミセス・ルーサーは艶のある眉の片方をあげた。「ああ、あそこにあるバーボンでいい。ほんのちょっぴり水を入れて」

おれはうなずき、ミニバーへ行った――おれが背を向けるのとほとんど同時に、ドアがそっと閉められる音がした。

おれがミセス・ルーサーを追い出したら、ドクは腹を立てるだろう。ドク自身が奥さんをどう思っているにせよ、ほかの人間が彼女の品性を疑ったりすれば腹を立てるはずだ。おれとしてはドクが嫉妬に駆られて常識を失ったりしないことを願うばかりだった。

おれがミセス・ルーサーとじゃれ合うはずなどないことはきっとドクもわかっているにちがいない。

　おれは水割りをつくってミセス・ルーサーのところへ持っていった。彼女の煙草に火をつけた。彼女がスエードのハイヒールをそっと脱ぐのに気づかないふりをした。

「さあすわって、パット」とミセス・ルーサーは言った。「あら、あなたの飲み物はどこ？」

「おれはあんまり飲まないほうなんです、ミセス・ルーサー。いまは飲みたい気分じゃないし」

「でもあたし、ひとりで飲むことなんてないの！　これはすごくまじめな話よ！」

「ミセス・ルーサー……」

「ライラって呼んで。それともこの名前は好きじゃない？」

「とても好きですよ、でも――」

「じゃあ、そう呼んで」

「ライラ」おれはさらりと言った。

　それから起きたのは完全にイカレたことで、本当に起きたということをいまも半分疑っているくらいだ。

彼女はグラスを床に置き、立ちあがりながらキツネの襟巻を肩から滑り落ちさせた。おれのからだに両腕をまわし、からだの向きを変えつつ、おれのからだの向きも変え、ゆっくりと後ずさりした。それからベッドに腰をおろすのと同時に、おれもいっしょに引きおろした。

彼女は目をつぶり、深い息遣いをした。灰色がかったブロンドの髪の下の顔を小さく左右に揺らす……唇をひらき、おれのほうへ持ちあげる。おれはそこへ顔をおろしそうになる。そうしたかった。おれは彼女が欲しかった。

おれが正気に返ったのは、彼女の口の赤い色のせいだったにちがいない。口紅。証拠。罰。それとも廊下の分厚いカーペットを踏む小さな足音が聞こえたせいか？……もっとも、それはありえない気がするが。

なんにせよ、おれは自分の顔をおろさなかった。

彼女がおれにしたことの逆をした。

すばやくからだを起こして後ずさりしながら、彼女がおれを放しても大丈夫なように、彼女をしゃんと立たせた。彼女の両肘をつかみ、からだを文字通りくるりとまわして、椅子にすわらせた。顔にかぶさった髪の毛をかきのけた。肩に襟巻をかけた。足にハイヒールをはかせ、手にグラスを持たせた。

おれはドアに飛びついた。

錠がかかっていた。彼女が錠のつまみをまわしたのだ。

おれはつまみを反対側にまわし、大きな音をさせてドアノブをまわした。

すると同時に外側からもノブがまわされるのを感じた。ドクター・ルーサーが入ってきた。

9

「ああ、呼びに行くところだったんです、ドク。ミセス・ルーサーが、ドクもいっしょに飲む時間があるかもしれないとおっしゃったので」

ドクは短くかぶりを振り、妻を見た。全身に吟味の視線を走らせた。「その酒はもう飲んでしまったのか？」

「まだのように見えない？」

「じゃ、飲んでしまうんだ。それとも、それを持っていくかだ」

ミセス・ルーサーはドクを見つめた。おかしな微笑《わら》いを浮かべながら、完璧な形をした長い脚の片方をぶらぶら揺らした。

「ライラ」とドクは言った。声に謝るひびきがあった。「もうそろそろ……」

「あたしがそろそろどうしたいか教えてあげる」ミセス・ルーサーは立ちあがりながら言った。「これでも食らうといいわ」グラスの中身をドクの顔にまともに浴びせた。

おれは彼女をひっぱたきたくなった。おれの身に起きたことはともかくとして、ドクが彼女をひっぱたけばいいのにと思った。だがドクはそうはせず、無力感をにじませながら突っ立っていた。眼鏡からウィスキーが滴り落ち、口へ、顎へと流れた。

ミセス・ルーサーは短く笑った。おれのほうを向いて、空疎な微笑みを輝かせた。

「カーペットを濡らしちゃってごめんなさいね、パット」そう言うと、ぶらぶら歩いて部屋を出、ドアを閉めた。

「ドク」とおれは言った。「ドク……」

ドクはゆっくりと顔をこちらに向けておれを見た。眼鏡がウィスキーで濡れていた。片手でそれを拭うしぐさをした。

「ドク」おれは何もできないまま、また言った。ドクはためらいながら、おれのほうへ一歩踏み出してきた。

ドクがまた一歩進んだ。おれは邪魔にならないようによけた。ドクはおれのわきを通り抜けてバスルームに入った。水を出す音が聞こえてきた。おれはミニバーへ行って、グラスに強い酒を注ぎ、ストレートで飲んだ。それからお代わりを注ごうと瓶を傾けたところで、ドアがひらいた。

「わたしにも一杯くれないか、パット」とドクがさりげない口調で言った。

「はい」おれは別のグラスに酒を注いだ。瓶がグラスにかちかち当たらないよう気をつけた。

ドクはシャワーを浴びて着替えていた。ふだんとだいたい同じくらいの身綺麗さだった。穏やかでない心の内はきっと結んだ口の線と、突き出た歯を上唇で覆っておこうとする無意識の自意識にだけあらわれていた。

ドクはクッションつきの椅子のひとつに腰かけた。おれはグラスを渡し、向かい合ってすわった。

「さてと」ドクはおどおどしているといってもいい表情でおれに微笑みかけた。「事情を話すよ」

「事情って」おれはグラスを叩きつけるように置き、コーヒーテーブルにウィスキーをはねちらかした。

「そんなことはいいですよ、ドク。おれがあなたにいまのことを説明します。あなたは気に入らないかもしれないけど――」

「その必要はないよ、パット。きみが話すことでわたしの知らないことは何もないと思う」

「そんなことわからないでしょう――」

「いやいや。ちゃんとわかる。それでいて、依然として受け入れられない。受け入れることに抵抗がある。きみにわたし自身のことをいくつか話しておいたほうがいいと思う。それを知れば、ライラのこともわかってもらえるはずだ」

「おれには何も説明しなくていいですよ、ドク。おれは――」

「前に話しておくべきだったんだ。きみはほかの人間からいろいろなことを聞くだろうから、わたしの口から直接話を聞いたほうがいい……きみはマートル・ブリスコーが今朝最初に言ったことを覚えているだろう――金庫に鍵をかけろとかなんとか」

「ああ」おれはうなずいた。「はい」

「あれはわたしへの当てつけなんだ。きみとわたしには少なくともひとつ共通点があってね」

「それはつまり――あなたも銀行強盗をやったということですか?」

「銀行じゃないが金庫から金を盗んだんだ。教えていた大学の金庫から」ドクは皮肉な笑みを浮かべて首を振った。「わたしもきみと同じくらい大きなしくじりをやった。刑務所には行かなかったがね。もしかしたらあれが人生の突破口だったかもしれないと思うことがあるよ。あれがなかったらわたしはこれほど結構な境遇に……」

「まさか。そんなことで結構な境遇に恵まれるなんて」

「それはわたしには永久にわからないことだろうな。もう一杯飲もうか?」

おれは酒の瓶をテーブルまで持ってきた。おれがドクの分を注ぐと、ドクはそれに少しウィスキーを足して、そのほとんどを一気に飲んだ。そしてぶるっと身震いをし、舌鼓を打った。

「十年ほど前の話なんだ、パット」ドクはだしぬけに話に入った。「わたしはきみくらいの年、いや、いくつか上だったかな。将来の見通しは同じくらいよくなかった。いい教育を受けるために、人生の一番楽しいはずの時期に食うものも食わず、身を粉にして、奴隷のように働きながら勉強した——そうしてやっと手に入れたのが、三流大学での助教授の職だった。それ以上の地位にあがれるのはまだ何年も先だとわかっていた。教授になり、それから運がよければ学部長になるというようなことはね。現実的な見方をすれば、やってはいけないのが結婚だった。でもわたしは結婚してしまった」

ドクはまたひと口酒を飲み、グラスを口もとに掲げたままわたしを見た。「きみにはわからないだろうが、わたしにはその意味がよくわかるんだ、パット。収入が一定のレベルから変わらないのに、それをはるかに超える出費を余儀なくされるということの意味が、きみには理解できないだろう。もちろん、わたしたちは初めからそうなるつもりでいたわけじゃない。ライラはわたしの教え子で、わたしと同じように働きながら勉強しようと頑張っていた。ふたりの関係のことは、彼女が卒業して、わたしが――あるいはふたりが力を合わせて――家庭を持てるだけの収入を手に入れるまで、秘密にしておくつもりだった。それがわたしたちの計画だった。

ところが、彼女は妊娠した。大学もパートタイムの仕事もやめなければならなくなった。とりあえずお金が必要だし、赤ん坊が生まれたらもっとお金が必要になる。ある日、わたしは彼女のためにお金を手に入れた……経理部長が金庫の扉をあけたままオフィスを出たときがあったんだ」

「ドク」おれは何秒か沈黙がはさまったときに言った。「ほんとにその話をすっかりおれに聞かせたいんですか？」

「あ――ああ」ドクは両目をこすった。「で、そのお金だが。それがなくなっていることと、わたしが盗んだということは、じきにばれた。わたしは盗んだことを認めた――ギャンブルで全部使ってしまったと言った。わたしは辞職させられ、警察から二十四時間以内に都市を出るように命じられた。

わたしはライラに近づけなかった。手紙を出すことすら怖かった。問題のお金は彼女に持っておいてもらいたかった。持っておいてもらわなければならなかった。

わたしはこの都市へ来た。大学からできるだけ遠く離れたんだ。借金をしてオフィスを借り、夜はそこの床で寝た。食料を買うお金が入ったときには自炊をした。一年たたないうちに、精神科のコンサルタントとしてかなり繁盛するようになったから、ライラを呼び寄せた。それ以前には一回手紙を出しただけだった。署名はせず、住所も書かなかった。現況を詳しく知らせるのが怖かったから、こちらは元気でやっているので心配いらないとだけ書いた。

彼女はここへやってきた。ひとりでね。赤ん坊はどこだと訊いたときの彼女の顔は忘れられない。彼女は——あれだ——わたしに見棄てられたと思ったんだ。一年近くのあいだ、そう思いこんでいた。赤ん坊は死産だった」

「お気の毒です、ドク。でも、そのことはあなたのせいじゃないです」

「残念ながら、きみやわたしはそれを判断するのに適した人間ではないようだ」ドクはゆっくりと言った。「わたしたちには……彼女のどんなことについても判断する材料がない。さて、話の続きを聞きたいかね？」

「あなたが話してもいいと言うのなら」

「続きといってももうあまりないがね。仕事をするには精神分析医の資格が必要だから本名を使わなければならなかった。わたしの過去が知れるのに長くはかからなかったよ。みんながわたしのことを知るようになった。

みんなはわたしのことを知った――が、少しばかり遅すぎた。精神分析医は仕事柄、微妙な事情に通じる。州都には微妙な事情がいろいろあるものだ。医学関係の連中がわたしを問題視しはじめるころには、わたしはすでに内輪の人間だった。医者の仕事をやめることには同意しなければならなかったが、それでも内輪の人間だった。そして内輪にとどまった」

「で、そこから出たいと思っているんですか?」

「当然ね」ドクは肩をすくめた。「きみがサンドストーンにいるべき人間でないのと同様、わたしはこの都市の内輪にとどまるべき人間じゃない。自分の性格や医者としての矜持に反することをいつも強いられるというのは別にしても、とにかく性に合わないんだ。どうも勝手がよくわからない。わたしには以前の土地で知り合った人たちが少しばかりいるし、こちらへ来てからできた知り合いもいる。しかしそうなると、ハーデスティのような人たちにいろいろ頼る必要も出てくるわけだ。あの種のややこしいことをしている連中に依存すると、ひどく困ったことが起きるものなんだ」

「ええ。そうでしょうね」

ドクは大儀そうに背筋をのばしてから立ちあがり、眉をひそめて机の上の小さな置時計をぼんやり見た。「さて、そろそろ行くよ。こんなに長居するつもりはなかったんだが、いくつかのことできみを安心させようと思ったんだ」

このありきたりと思えることばとともに、いまはロビイストとなっている元精神分析学助教授のドクター・ローランド・ルーサーは、部屋を出ていった。

ヘンリーがおれの夕食を運んできて、濡れたカーペットを拭いていった。おれは食事をし、店から配達されてきた服を箱から出したあと、しばらくのあいだ本を読もうとした。でも読めなかった。それでベッドに入った。眠りはやってこなかった。

10

ドクは翌朝、おれがコーヒーを飲み終わるときに入ってきて、ベッドに腰かけた。よく眠れたかと訊き、新しいスーツがよく似合っていると言った。おれはどちらにも適切な返事をした。あとは会話らしい会話もなく、おれたちは州会議事堂に着いた。

正面玄関前の長い階段をのぼりはじめたとき、ドクは咳払いをし、かすかな当惑をあらわしながら口をひらいた。

「わたしにはわかっているが、きみもわたしと同じように好ましくない印象を避けたいと思っている。ミセス・ルーサーがまたきみの部屋へ行ったら、ドアをずっとあけておくのがいいかもしれないね」

「なんですって?」おれは歩きながら顔をドクに向けた。「でも、ドク——」

おれは最後まで言わなかった。だがことばを抑えこむのにひと苦労した。ドクの顔に粘《ねば》りついた気まずげな表情に、おれはとまどった。ドクは昨夜の一件をライラのせいにするわけにはいかないと、あらためて自分に言い聞かせたのだ。彼女のせいにはできない以上、ほかの人間の責任と考えなければならない。そういうことだ。

「わかりました、ドク。覚えておきます」

「そうか」ドクはいかにもほっとした様子を見せた。「今夜は自分で帰ってこれるかな？　わたしは帰りが何時になるかわからないし、きみの仕事終わりの時刻もわからないからね」

おれは自分で帰れますと答えた。ドクは急ぎ足で立ち去った。心のなかで激しい感情を湧きたたせながら、おれはハイウェイ局をめざして歩いた。

ハイウェイ局は建物の一階にあり、ひとつの翼棟全体を占めていた。入り口がいくつかあり、なかに入ると部屋の端から端までカウンターがのびていた。カウンターには銀行と同じように窓口係が入る檻が並んでいた。

おれが着いたのは九時だったが、誰もいなかった。九時十五分になるとようやく自動車免許の係員が檻のなかにすわり、おれに向かってフレミング局長のオフィスを指で示した。

おれはカウンターの片側の端にあるドアのところへ足を運んだ。ドアをあけると待合室で、会社の重役が使うような大きな机があり、白革張りのソファが一脚とそろいの椅子が何脚か置かれていた。おれは〝関係者以外立入禁止〟の標示があるドアをノックしてドアノブをまわそうとしてみた。それから椅子に腰かけて、煙草に火をつけた。

いちばん近い灰皿は机の上。引き寄せようと腰をあげたとき、背後でドアがひらき、女が息を切らしながらあたふたと入ってきた。年は五十くらい、細身で、鋭い顔立ちをしていた。

「ここで何をしているの?」女が強い調子で訊いてきた。返事をする暇もなく、おれのそばを通り抜けて机の向こうへ行き、引き出しを次々とあけた。

「何かなくなっていますか?」とおれは訊いた。

「あなた、なんの用?」

「仕事のことでミスター・フレミングと会うことになっているんです。パトリック・コスグローヴといいます」

女は唇を引きしめておれに笑いかけてきた。「わたしはミスター・フレミングの秘書です。あなたの名前は局長から聞いていないと思うけど」

「バークマン上院議員から局長にお話があったはずですが」

「ああ」女の顔の曇りが晴れた。「**バークマン!**　それなら話がわかる。たぶん局長が聞き流したんでしょ」

「ミスター・フレミングはいつ いらっしゃいますか?」

「おいでになってもあなたに会うかどうかはわかりません。でもまあ、よかったら一時間後くらいにまた来てみるのね。そのときまた考えましょ」

おれは礼を言って部屋を出た。ことの成り行きに満足とは言えなかった。また戻ってくる前にドクと相談したほうがいいと考えて、レストランへ行ってみた。そこにいるかもしれないからだ。

だがドクはおらず、バークマンもいなかった。レストランを出ようとしたとき、ハーデスティが声をかけてきた。ひとりでテーブル席にいた。

「元気かね、パット」笑顔で立ちあがり、おれと握手をした。「まあすわりたまえ。ずいぶん朝が早いね。ひとりかい?」

「早いとは思っていませんでしたけど、まあ早いんでしょうね。ドクを捜しにきたんです」

「いま忙しいみたいだ。わたしにできることはあるかな?」

「仕事のことなんです。ハイウェイ局で雇ってもらえると思っていたんですけど、なんだか怪しいようで」

「おや、そうなのか」ハーデスティは励ましの微笑みを浮かべた。「それはいけないな。

話してごらん」

「ミスター・フレミングがオフィスにいなくて、秘書に追い出されるみたいにして出てきたんです。あとでもう一度来てもいいと言われたけど、なんとなく行っても無駄みたいな感じがします」

「そうか――たしかバークマンが口を利いてくれたんだったね？　ふうむ、どうもよくないな」

「おれは仕事をもらえないと思いますか？」

「いやいや、もらえるよ。ただちょっと、客観的に考えてみたんだ」ハーデスティはうなずいた。「フレミングはあそこにいる。三つか四つ向こうのテーブルに。彼が出ていくとき、いっしょに声をかけよう」

「ありがとうございます。とても心配になっていました」

「喜んで手を貸すよ。お安い御用だ」ハーデスティは何かものを思う顔でコーヒーをかきまわしながら、落ち着いた温かな微笑みを浮かべていた。「昨日はきみとふたりでちょっとした立ち回りを演じたね、パット」

「どうもすみませんでした。二度とないようにします」

「いや、責めてるんじゃない。ただドクのことがちょっと引っかかるんだよね。きみの仮釈放の件ではわたしも彼と同じくらい骨を折った。だから前もってきみにわたしのことを話しておいてくれてもよかったのにと思うんだ」

「そうですよね」おれは慎重に言った。

「たとえば昨日起きたような、重大な間違いがあったら、ドクだろうと誰だろうときみがサンドストーンへ戻されるのを止められない。それを言うなら、ドク自身すら……」

「え?」

「ああ、いや。そういうことは言うべきじゃないかもしれないね」

言ってくれても別によかった。ドク自身すらおれを刑務所に戻そうと思ったかもしれないと。

「近いうちにわたしのオフィスに来ないか、パット。きみとわたしには話すことがたくさんありそうだ」

「喜んでうかがいます」

「そうか!」ハーデスティはにっこり笑った。「そら席を立ったぞ。フレミング!ちょっと待ってくれ」

入り口に向かって歩きはじめた一団から、背の高い太った男がゆっくりと離れて、苦い顔でおれたちを見た。ハーデスティがおれの肘をとり、前に引っ張っていった。

「フレミング、パット・コスグローヴと握手してやってくれないか」ハーデスティは熱をこめて言った。「パットはきみのところで働くことになってるんだ」

「働く?」フレミングは口から葉巻をとり、太くて固い指をした手でおれの手に申し訳程度に触れた。「きみはカレンダーを見ないのか、ハーデスティ?」

ハーデスティは笑った。「パットはバークマンの親しい友人だ。彼からきみに話があっただろう?」

「バークマンはじつに困った男だよ」フレミングの小さな目に不快なことを思い出したという色がちらついた。

「パットのほうは準備万端整ってるんだ」ハーデスティは陽気に言った。「ここで話をしてくれるかな、それともきみのオフィスに行こうか?」

フレミングは唸るように言った。「オフィスだ。リタに会ってくれ」それ以上何も言わず、からだの向きを変えて、ゆっくりと歩み去った。

「リタというのは秘書だよ」ハーデスティは説明した。「リタ・ケネディ。きみが行くまでにフレミングが電話で連絡しておくだろう」

「では、決まったんですね？」

「ああ、何をしたらいいかは秘書が教えてくれる」ハーデスティはおれの背中を平手で叩いた。「じゃ、わたしは行くよ。例の件を忘れないでくれ」

「はい」

おれはまたフレミングのオフィスへ行った。なんだか心もとなかった。でも待合室に入ってすぐ、仕事がもらえたことがわかった。リタ・ケネディは大歓迎という感じではなかったが、独特のきっとした笑みを浮かべて、机の近くへ椅子を持ってくるよう手ぶりで指示した。

「さてと、パット」秘書はきびきびと話しながら、机の引き出しから分厚い厚紙二つ折りの書類ホルダーを出した。「話はすっかり決まったようね。これがガソリンクーポン帳、これが毎日の経費の申請書——一回の食事に一ドルね——それからこれが車両使用申請カード。州の車庫は知ってるわね？——ここから南へ二ブロックのところ」

「はい。でも——」

「ああ、そうだ。忘れてた。ちょっと待ってて」

秘書は立ちあがり、引き出しに鍵をかけ、外の窓口が並んだスペースに出ていった。そして一、二分後に文字や数字が謄写版でぎっしり印刷された書類の分厚い束を手に戻ってきた。

「これが調査報告用紙。毎日一枚使って。三、四日おきに出来た分を提出して」

「はい」おれはうなずいた。「でも、これをどうすればいいんですか、ミス・ケネディ?」

「余計なことをしゃべらない、それから長時間ビヤホールの前に車を駐めたままにしない。そういうことをするとうちの局が新聞からひどく叩かれるから」

「でも……ああ、なるほど」

「じゃあ頑張って」秘書は小さく微笑み、おれをドアのほうへそっと押した。「ビヤホールについての注意を忘れないように」

「覚えておきます」

おれは議事堂を出て、南に歩きながら考えた。なぜおれは自分を恥じているんだろうといぶかった。

十五年ちょっと前の、今日のような日、おれはセルビーのファースト・ステート銀行に入り、十六番径の散弾銃を窓口係に向けた。なぜそんなことをしたのかは説明できない。ただひとつ言えるのは計画的ではなかったことだけだ。おれは狩猟をやるために川べりに向かったが、途中で弾が二発しかないことに気づいた。銀行に入ったのは預金口座から一ドルおろすためだった。

正午ごろの銀行には年輩の窓口係ブリッグズひとりしかいなかった。散弾銃を持って入店したのはボディをはずしたT型フォードに置いておきたくなかったからだ。

ブリッグズはおどけるような変な顔をして両手を少しだけあげた。それから手をさらに高くあげて、顔に恐怖の色を浮かべた。おれは口ごもりながら、こんなようなことを言った。「いや、おれは別に——そんな——そんなつもりは——あの——あの——あなたには何もしませんよ、ミスター・ブリッグズ」

ブリッグズは檻のなかでぱっと床にしゃがみ、おれは表の通りに駆け出して助けを求めようとしかけた。でも実際にはそうせず、札束を五、六個手にとって、セーターの襟もとからなかへ突っこんだ。そのほとんどは外へ走って出るときに落ちてしまった。

おれは角を曲がったところに車を駐めていた。ニック・ニッカーソン保安官がおれの車のステップに腰かけていた。

「おまえさんに話があって来たんだ。おれがうまく話をつけたから、おまえさんは今度の秋から大学へ行けると思うよ」

「えっ、ありがとうございます、ミスター・ニッカーソン」とおれは言った。

「甥っ子に手紙を書いたんだよ。そしたら、自動車修理工場で働いてくれたら住む部屋を貸してやるし、給料も少しなら出せるというんだ」

「それはすごい。授業料と本代がまかなえますね」

「役に立てておれも嬉しいよ。この都市には頭のいい若者向きの仕事はないからな。頭のいい子ほど早くだめな人間になっていくような気がするんだ」

おれはまた礼を言って、車に乗りこんだ。銀行の警報が鳴りだすと、保安官は駆けだし、おれは急いで車を出した。頭をくらくらさせながら、ゆっくりと。それからだんだん速度をあげて、できるかぎりのスピードを出した。

市街地から一、二キロ離れたあたりで、車がプスンプスンといいだし、燃料切れになったのがわかった。おれは飛行場に車を乗り入れ、フィールドを突っ切った。

フランク・ミラーが古い三人乗りの小型飛行機のプロペラを手でまわしていた。エンジンがかかり、ミラーは飛行機の側面へまわって操縦席に這いこむ。おれは車をおりて、ミラーのすぐうしろに乗ろうとした。客席のひとつにはリップスコム・レイシー判事がすわっていた。判事は体重が百キロを軽く超えていて、ふたつの客席を占領しているようなものだった。

フランクが言った。「おい、いったい何やってるんだ、レッド? レイシー判事は街で大事な用があって——」

「さっさと飛ぶんだ」とおれは言った。「吹っ飛ばすぞ、フランク。おれは——あんたを吹っ飛ばすからな、やると言ったらやるからな」

おれはレイシー判事の腹に銃口を食いこませながら、無理やり乗りこみ、ふたりとも吹っ飛ばすぞと言った。言うとおりにしないと判事を吹っ飛ばすぞ、フランク、そのあとあんたも吹っ飛ばしてやる、と言った。判事は目をつぶり、顔を緑色にして、頭をがっくり垂れた。

フランクが言った。「わかったよ、このイカレたくそ野郎!」

飛行機は宙に浮いた。だがすぐにまたさがった。地面を打ってはずんだ。左右に揺れた。

「三人じゃ飛べんぞ、レッド。絶対無理だ」

「わかってる」とおれは言った。

「判事をおろすか?」

「だめだ。ものすごく気分が悪そうにしてる」

「じゃどうするんだ?」

「わからない」

飛行機のドアがひらいた。それはかなりあとの話だが、とにかくドアがひらき、外に人が大勢いた。ニック・ニッカーソン保安官が手を入れてきて、おれから銃をとりあげた。「ようし出てこい、ぼうず」と保安官は言った。「いっしょに来るんだ、話を聞こう」おれは飛行機からおりて、それですべてが終わった。すべてが終わって、あとは裁判となった。公選の弁護士がつけられ、リップスコム・レイシー判事が裁いた。

……おれはそのことを一度も恥ずかしいと思わなかった。いまでも恥ずかしいとは思っていない。事件のことは。

車庫の主任はおれの車両使用申請カードを見ると、つなぎを着た若い黒人の係員におれの応対を命じた。おれは係員のあとについて奥に進み、オートバイや白黒のパトカーが並んでいるわきを通りすぎた。

「それで」係員は足をとめて言った。「どういう車をご希望ですか?」

「好きな車を選べるんですか?」とおれは訊いた。

「えーと、まあ、わたしならでかい車は選ばないですね。あそこに乗り心地のいい小型のクーペがあります。あれはまだ誰も指定してないです」

それはほとんど新車で、真っ黒なボディには文字もマークもなかった。州の車だとわかる目印はライセンスプレートだけだ。

「あれにします」とおれは言った。「何時に返せばいいんですか?」

「この都市にお住まいですか?」

「ええ」

「この都市にお住まいの人はいちいち返さずにずっと使ってます」

「それはすごくいいやり方ですね」

「ええ」係員はにやりと笑った。「文句を言う人はほとんどいないですね」

おれは一ドルのチップを渡し、書類を後部座席に置いて、車を出した。

11

マデリン・フラワノイのアパートメントは、準住宅地域にある二階建て煉瓦造りの建物の二階で、一階は家具店だった。二階への入り口は横丁にあり、そちら側には窓がひとつもない。通りの反対側には倉庫の何もない壁があった。

階段をのぼりきるとドアがあり、それをあけて廊下を何歩か進む。おれはためらった。それから一階に郵便受けはひとつしかなかったことを思い出した。どちらのドアも彼女の部屋だ。おれは最初のほうをノックした。

ドアはほとんどすぐにひらいた。

「車？　歩き？」マデリンはおれを見ても驚いた様子を見せなかった。「車はどこへ駐めた？」

「二ブロック先の駐車場に」

「さあ入って」

マデリンはたいそう短いショートパンツをはいていた。上はグレーのウールのスウェットシャツだった。足も脚も生のままむきだしだった。カールした長い髪はアップにしてピンひとつで留めていた。さらさらの茶色い髪の端が小さなブラシのようになって、額のところまで突き出ていた。

「あ、そこは覗かないで」マデリンはブラシをうなずかせながら言った。もちろん、おれは覗きこんだ。そこは寝室で、シーツがくしゃくしゃになったベッドがあった。「起きたばかりなの」

「あのドクって人は」マデリンはそう言ってあくびをした。「ほかの人間に何かやらせるときは、どんなことでもそう大変なことじゃないと思うのよ」

「遅くまで起きていたのかい?」

「うん。さあ来て。コーヒー飲みたいの!」

「これは言っておいたほうがいいと思うんだけど、ドクからきみに会わないように言われているんだ」

「ドクが何よ。人に命令ばっかりして。わたしたちに指図するなんて何様のつもりだっての」

「まあ、おれに指図できる立場にあるのは確かだけど」

「そうなの?」マデリンはきょとんとした顔でおれを見た。「でも、ばれっこないわ。

昼間は誰もここへ来ないんだから。だあれも」

マデリンが腕をもどかしげにぐいと引っ張ったので、おれはついていった。

右手に一脚の寝椅子でほぼふさがっている狭いスペースがあった。マデリンは居間へのドアを閉め、おれのからだを押すようにして寝椅子にすわらせると、おれの膝のわきを窮屈に通り抜けて台所に入った。

マデリンはコーヒーのカップをふたつ持って戻ってきて、ひとつをおれによこした。それからおれと向き合って床の上にすわる、というか、膝立ちになった。

「脚も椅子にあげたら?」とマデリンは言った。「その姿勢だと窮屈でしょ」

「いいんだ」とおれは言った。

「何そわそわしてるの?」マデリンは目を細くする。「トイレなら、そこだけど」

「いや、ちがうよ」

「ねえ、いい?」マデリンは髪の毛のブラシを揺らす。「ドアは閉まってる。この部屋と廊下のあいだには部屋がいくつかある。それにどのみち昼間は誰もこの階へあがってこない。ほんとにもう、あなたがこんなに臆病だなんて知らなかった——」

「知っていると思っていた」とおれは言った。「でなければおれはここへ来なかった。

おれのことを知っていたら、きみもちがった風になるかもしれない」

「知ってたらって、何を？　何を知ってればいいの？」

「おれはサンドストーン刑務所から出てきたばかりなんだ。ドクの骨折りで仮釈放された」

「へえ」マデリンは小さく言った。

「十五年間入っていた。銀行強盗で」

「気の毒に。年はいくつだった？」

「十八歳のちょっと前」

「十八歳のちょっと前か」とマデリン。「誰にも怪我させなかったんでしょ？」

「お金を盗ってもいないんだ」おれはそれについて少し話したが、おかしなことに、笑ってしまった。

マデリンは楽しそうにくすくす笑った。膝立ちのまま前にからだを傾けてきて、おれの肩に頭をつけた。

おれはコーヒーカップを床のマデリンのカップのそばに置き、片腕を彼女のからだにまわした。彼女が顔をあげておれを見た。

「いままで——きみみたいな人に会ったことがなかった」とおれは言った。

「もちろんそうでしょ」マデリンは即座に言った。「これからも会わないはずよ」

「おれはかなり変わった立場にいるんだ、マデリン。男が普通言ったりしたりしたいことを、言ったりしたりできないんだよ」

「そうね」

「うん——」おれはマデリンの返事にちょっとまどった。「——おれたち意見が合ったみたいだね」

「でも、あなた考えたことない？　わたしも相当変わった立場にいるかもしれないってこと」

「考えたよ」とおれは言った。「なんだかすごく困った」

「どうして？」

「きみが好きだから。短く言うとそうなる。もっときちんと説明すると、きみの立場がどんな風に変わっているとおれが考えているかを詳しく話さなくてはいけない」

「ここで短い沈黙が流れる。マダム・フラワノイはトランス状態に入って、コスグローヴ教授のメッセージを解釈する」

「おれの言っている意味はわかると思うけど」

「静かに」マデリンは向きを変えながらからだを横にし、頭をおれの膝にのせた。

おれは頭を下におろして彼女にキスをした。彼女はすばやく二度キスを返してから、口をわきへどけた。そのキスには何かが、とても温かくて、相手を信じる、無垢なものがあったから、おれは両手をポケットに突っこんで、そこへ入れたままにしておきたくなった。なんなら両手の上に尻をのせておいてもいい。でも、もちろん、おれはそうしなかった。

マデリンは目をひらいておれを見あげた。小指をあげて、おれの唇にあて、上下に動かした。その手をおろして、おれの手に重ねた。

「きみは——こんなところで何をしているんだい?」

「あなたはどうなのよ?」

「それは同じことじゃない」

「そう? あなたは衝動的に、簡単そうに思えることをした——うんと見返りがありそうに思えることを——まだ若すぎて、どんな結果になるかを考えられなかったときに。わたしもそうなの」

おれは煙草に火をつけ、マッチを皿に捨てた。マデリンは口を引き結び、目を細くしておれを見た。煙草を下におろすと、マデリンはそれを一度だけ長く深々と吸った。

「で？」マデリンはそう言って、いくつか煙の輪を吐いた。

「想像しにくいんだよね」とおれは言った。「きみが自分の望んでいないことにとても長いあいだ耐えてきたということが」

「あなたはサンドストーンに耐えたわけでしょ」

マデリンはまたひと口おれの煙草を吸い、頭をぐっぐっとうなずかせた。「昨日初めて議事堂の前の階段であなたを見たとき——ええ、そう、あなたを**見た**のよ——わたしは思ったの、ああ、この人だ——」

「おれも同じことを思った」

「知ってる」マデリンはおれの頬をぽんぽんと軽く叩いた。「それでわたしは階段をおりていくときあなたにわざとぶつかるか——何か落とすか、あなたの目の前で転ぶかしようと思ったの。あなたと知り合いになるために。でもそのあとあなたがドクといっしょにいるのを見て、なんだか嫌な気分になった。それでも……」

「わかっている」

「ドクを巻きこむなんて、あなたにはよっぽど強力なコネがあるのね。仮釈放をとってもらえるなら、恩赦だって夢じゃないかも……」

「コネなんかない」おれは言った。「ドクは自分で決めておれを出してくれたんだ」

「へえ。あっさりと引き受けてくれたわけ?」マデリンは〝あっさりと〟のところでパチンと指をはじいた。

「あっさりとね」おれはドクに手紙を書いたことを話した。「それまで会ったこともない人だったけど」

「でもどうして? パット! あなたまさか――約束したんじゃや――」

「おれになんの約束ができるんだ」

「だけど――」

「わかっている。理由があるんだろうな。でも思いつくたったひとつの理由は意味がわからない。それはおれという人間が彼の役に立つか、これから役に立つ見込みがあるということだ。役に立つだろうとドクが考えているということだけど」

「考えてる?」

「これはただの勘だよ」おれはうなずいた。「ドクにはおれを外に出す理由があった。そして別の人間にも理由があった。ドクの計画はうまくいかないけど……もうひとりのほうのはうまくいく」

「いや、それこそ意味がわからないじゃない。ねえ聞いて、パット。ドクって人は自分のやってることがちゃんとわかってるの。いつだってそうよ。わたしは何年も前からあの人の下で働いてて、あの人の悪巧みを内側から見てきたのよ。だから――わたし――」

「気にしないでいいよ。生き延びるために必死になる必要がなかった人にしては、きみはとてもうまくやっている」

「え?……なんのことかわからない」

「嘘をつくこと。芝居をすることをだよ。きみはドクの右腕だ。きみはドクがおれをサンドストーンから出すことを知っていた。なぜおれを出すのかも。そろそろ話してくれないか?　それを話すのを怖がるのは、何か弱みでも握られているのか?」

「今日ここへ来たのはそのためなの、パット?　わたしから話を聞き出すため?」

「聞き出さなくてはなんて思わなかった。おれがきみに持っているのと同じ気持ちをおれに持ってくれていると思って。それでおれは――」

「それは持ってるわ、パット!」マデリンはさっとからだを持ちあげておれにしがみついた。「わたしを信じて。その気持ちを持ってるから！」

「それじゃ話してくれ」

「ドクに――何かするように言われてもしちゃだめよ、パット！　まずわたしに話して！　わたしに内緒で何かしないで。約束してくれる？」

「それは――」そこで不意に頭の皮に鳥肌が立った。「玄関のドアに鍵をかけた？」

「かけてないと思う。昼間は誰もここへあがってこないから」

「誰かがあがってきたんだ」おれは部屋のドアのガラス窓を顎で示した。

ちょうどそのとき、ドアがひらき、男のにやついた顔が覗いた。

12

男は、身長がおれとだいたい同じだが、体重はおれより重そうだった。唇がないのではないかというくらい薄く、歯が煙草のヤニで汚れ、ブタを思わせるふちの赤い小さな目と、汚れたパテでつくったような鼻をしていた。青いサージのスーツを着て、ベストはなし、スナップブリムの灰色の帽子をかぶり、踝までの黒い靴をはいている。靴と帽子は汚れていないが、スーツはそうではなかった。

男がくわえた楊枝を吹き飛ばし、身分証明書を出す前から、おれには何者かがわかっていた。

おれはうなずいて身分証明書を男に返した。

「この人は仮釈放委員会の人だよ、マデリン」とおれは言った。「おれが仮釈放のかなり重大な遵守事項違反をしたところを見つけたというわけなんだ」

「ふん!」マデリンは男を睨みつけた。「だからって人の家に勝手に入りこんでいいってことにはならないでしょ! 令状があるんならさっさと——」

「きみはわかっていないよ、マデリン。この人はおれをサンドストーンへ戻せるんだ。

玄関のドアを閉めて、こんどは鍵をかけてきてくれ。話し合いをするあいだに邪魔が入ると困る。そうですよね？」

男はにやりと笑い、ブタの目から警戒の色を消した。

「それで」おれは微笑みながら真っすぐ男の目を見つめた。「どういう心づもりで来られたんですか？　百のお札二枚でどうです？」

「百のお札二枚？」醜悪な顔がぱっと明るくなり、それからしかめ面になった。「いや。それじゃ話にならん。五百にしろ」

「それだけでいいんですか？」

「いいと言っただろ。五百で手を打つよ」

「あなたは考え違いをしてる。おれにとってサンドストーンに戻らないということは五百よりずっと値打ちがある。どれだけの値打ちがあるか口では言えない。実地に見せてあげますよ。といっても心配しないでいいですけどね」

だが男は不安になっていた。あるいはなりはじめていた。おれは笑顔のまま男の目をじっと見つづけた。男は突っ立ったまま、おれが上着を脱ぎ、シャツを脱ぎ、アンダーシャツを脱ぐのを見た。

マデリンが息をのむのが聞こえた。

男もウッと喉を詰まらせ、小さく口笛を吹き、「こりゃひでえ」とつぶやいた。

「このミミズ腫れを見て言っているのかもしれないけど、こんなのはまだましなほうですよ」とおれは言った。「汗の塩と砂にまみれてブユにたかられていたときは、ちょっと嫌な感じに見えましたけどね。このあばら骨に比べればなんでもなかったです。折れてギザギザになった樹皮のようになって飛び出しているところを見せたかったな。あと友達のひとりがおれの腕を斧で叩き切ろうとした場面も見せたかった。友達がですよ。そいつは懲罰房に三十日入れられて、おれは三週間入院しましたよ。

気分悪くなっていないですか？　大丈夫ですか？　おれはただサンドストーンに戻さずにおいてくれるなら、いくら払っても足りないと思っていると言いたかったんです。でもそこでおれとあなたのあいだに問題が出てきます。おれにはお金が払えない。あなたが黙っていてくれることに、どうやったら感謝の気持ちを表わせますかね？　何を差しあげたらいいですか？……もうこれで充分だと言ってもらえるようなお礼ってなんですか？　これ以上何も要らないというようなものって」

男は一歩うしろにさがった。

「き、気をつけろ、レッド」男の声がうわずり、割れた。「気をつけろ、レッド、お、おれに近づくな！　おれは、な、何もしちゃいないだろ。じょ、冗談だ。冗談の、な、何が悪い……」

よろめきながら、両手を自分の顔の前に突き出そうとした。おれは両手を手刀にして、男の左右の腎臓を同時に突いた。男のだらんとおろした両腕をつかみ、からだをくるりと向こう向きにした。それからネクタイをつかんで思いきり引き絞り、両端を首のうしろにまわして結んだ。

おれは男が床に崩れ落ちるままにして、男が両手で喉につかみかかりながらもがくのを眺めた。

少し離れたところで、マデリンが言うのが聞こえた。「し、死んじゃうわよ、パット。死なせちゃやだめよ……」

「オレンジを何個かくれ」とおれは言った。「それをネットに入れるんだ。袋入りの小麦粉でもいい。それとネクタイを切るものを」

「オレンジで何するの？」

「急いで」おれはそう言って、こちらの脚を這いのぼろうとする男を蹴りのけた。

マデリンは果物ナイフと、赤いネットにオレンジを四、五個入れたものを手に駆け戻ってきた。

おれはオレンジ入りのネットを両手でつかんでぶんと振った。ネットが胸にあたって男はひるんだ。これ以上ないほどの恐怖にとらわれた。おれはオレンジでまた男の胸を打ち、ついで腹を打ち、両方の腿を打った。それから男のからだを裏返して、場所を上下に移しながら背中を何度か打った。

おれは男を邪険に引きあげ、ネクタイを切り、椅子に放り投げた。男は椅子にすわって、あえぎながら喉をかきむしり、目を白黒させた。

おれはマデリンにタオルと櫛を持ってきてもらい、男の顔を拭き、髪をとかしてやった。頭に帽子をかぶせ、上着のボタンを留めた。

「これでわかったか？　さっきおれが言ったのはこういうことなんだ」

「た——」男はうなずく。「ただじゃ、すまないぞ」

「あんたが訴え出ても相手にされないかもしれないよ」とおれは言った。「かりに訴えが通っても、おれはなんとか方法を見つけてあんたに会いにいくからね。おれは今以上に負けることなんてありえないけど、あんたはまだこれから負けて、何べんも負けつづけるかもしれない。おれはあんたに会いにいく。一度だけね。そのあとはもう会わずにすむだろうよ」

おれは親指でドアを示した。「これでわかっただろう。忘れるなよ」

男は怪我をしていなかった。怪我をしている人間があんなにすばやく逃げていくのは無理だった。ドアがばたんと閉まったとき、おれはちょっと笑った。

マデリンはにやりとした。笑みはゆっくりひろがって固定した。

「おれはあいつを殺さなかった」とおれは言った。「怪我すらさせなかった」

「でも、あの——袋のあれは——?」

「オレンジか。あれは古い詐欺の手口だよ。ほら、事故に遭ったふりをするやつさ」

「わたし、そういうことはあんまり知らないかも」マデリンはゆっくりと言った。

「事故に遭ったことにして金をとるんだけど、からだには怪我の跡がないだろう。だから共犯者にネットに入れたオレンジでからだをぶたせる。怪我はしないけど、からだは青黒くなるんだ。打ち身ができたみたいに」

「はあ」

「さっきの男はとても怖がりだとすぐわかったんだ。たぶん一生涯、自分はもう少しで殺されるところだったと信じつづけるはずだよ」

「でもそんなことはなかったのね？」

説明はもう充分したとおれは思った。「そう」と簡単に答えた。「さっきはね」

おれはアンダーシャツをとりあげて着た。シャツを着てネクタイを締めた。上着に手をのばしたが、マデリンが先を越した。おれの肩に着せかけると、するりと前にまわり、腰をしっかり抱き締めてきた。

「わかるわ、パット。わたしにはわかる！」

「きみはわかりすぎるみたいだな」

「かまわないのよ、パット。わたしはあなたが悪いとは思わない。ただ——いや、忘れましょ！」

「おれがあの男にしたことを見て、きみは怖くなったんだろう。ドクにも同じことをするのではないかと。きみにとってドクはなんなんだ、マデリン？　ドクはどんな計画を立てているんだ？　おれがそれを知ったらドクを殺すかもしれないときみは心配しているようだけど」

マデリンは頑なに首を振った。「わたしに話せることなんてない。なんにもない。わたしが好きなら、信じて」

「わかった」

マデリンは最後にもう一度、腰に巻きつけた腕に力をこめた。「何もかもきっとうまくいく」明るい声できっぱり言った。「きっとうまくいくわ」

「きっとね」

おれが部屋を出てドアを閉めるとき、マデリンが泣いているのがわかった。

13

ハーデスティは、都市で一番高い建物の最上階に、続き部屋のオフィスを構えていた。待合室までにいくつかあるドアには次のような標示が掲げられていた。

法律事務所
ハーデスティ&ハーデスティ

秘書は猜疑心にみちた目をした気難しそうな初老の女で、真新しい建物のなかで思いきり古風にしつらえた待合室に鎮座していた。

おれは煙草の火を消して、両手を組んだ。十五分ほどたって、ハーデスティが自分のオフィスから出てきた。

おれにうなずきかけて、秘書の机に書類の束をぽんと投げ出す。

「これから昼まで手が空かないからね、ミセス・スミスソン」ハーデスティが秘書に言った。「かかってきた電話は全部メモしておいてくれるかな」

「手が空かないって！」秘書は叫んだ。「十一時に出廷の予定がありますよ」

「それはクラークに行かせる。たいした手続きじゃない。さ、来たまえ、パット」

秘書の不服げな唸りをドアでさえぎると、ハーデスティは苦みのきいた男前な顔にきまり悪そうな笑みを浮かべた。「愛想のいい秘書だろう？」

「長く使っている人ですか？」

「祖父の代からね」ハーデスティは煙草に火をつけ、同じマッチをおれの煙草のためにかざした。「これはわたしの祖父と父親が共同でつくった事務所なんだ。名前のことが気になったかもしれないから言うがね」

「この州の法律事務所のなかでは相当古いほうでしょうね」

「たぶんね」ハーデスティはうなずいた。「内装が古めかしいだろう？　父親が死んだとき、わたしは少し今風にしようと思ったんだが、見てのとおりこの程度にしかできなかった。もといた建物が取り壊しにならなかったら、ここへ移ってはこれなかったと思うね。古臭さはうちの顧客をつなぎとめておくのに役立つんだ」

「ええ、そうでしょうね」

「ちょっと意外だったろう？」ハーデスティは悪戯っぽくおれを見る。「由緒ある法律事務所がドクのような男と関係を持つとは思っていなかったんじゃないか?」

「正直に言うとそうですね」とおれは答えた。「おれはドクに批判的というわけではないですが」

「ふうむ。もちろんそうだろう。ここだけの話、わたしは必要以上にドクと関わりを持つことはしない。しかし、きみも世の中のことは知っていると思うが、州政府と何か交渉しようと思ったときには、まずドクのような人間と接触することになる。彼のような人間の協力がないと、うまくいかない」

おれは曖昧にうなずいた。ドクについて何か言うことが少ないほど、落ち着いていられた。

「ところで、きみはサンドストーンを出てどれくらいになる?」

「三週間近くですかね」

「しかし、とても不安なんだね。そうだと言うのを怖がらなくてもいいんだぞ、パット」

「はい。でもことばにするのはとても難しいんです。問題は――ミセス・ルーサーで。おれを放っといてくれないんです」

「ほう」

「おれが引っ越して二日目の夜、部屋に入ってきました。それで、もう少しでドクとの関係が思いきりこじれそうになったんです。それからずっとあの女《ひと》は似たようなことをやりつづけて。もう無茶苦茶なことをするんです」

「ふうむ」とハーデスティはつぶやくように言う。「それは困ったね。でもわたしならそんなに気にしないよ。ドクはそのことできみを責めたりしないはずだから」

「おれを責めるのはおかしいんだけど、でも責めるんです。おれのせいではないということ、ドクには言えなくて。彼女を邪険に追い払えないいし、好き勝手にさせるわけにもいかない。何をしても、しなくても、おれはドクを怒らせることになる。そのせいで仮釈放が取り消されるかもしれなくて怖いです」

「ふうむ。そしてもし仮釈放が取り消されそうだと思ったら、きみは逃亡するだろう。それは困る。じつに困る」

「あなたから彼女にそういうことをやめるように言ってもらえませんか?」

「うーん――」ハーデスティは口をきゅっと結ぶ。「――そうだね。ああ。そうしてあげることはできるかな」

「それだとすごくありがたいです」

「きみの心配事はそれだけじゃないだろう、パット」

「ええ」

「ええ、だけかね。さっきの件ではわたしを信用してくれたのに」

「あなたはご存じかもしれないけど。おれはなぜドクがおれをサンドストーンから出してくれたのか、気になって仕方がないんです」

「ドクが何か金儲けでも企んでいるとしか考えられないと?」

「そうは言いませんが。ドクがこの時期にそういうことをしてくれたのは変だなと感じるんです。バークマン上院議員の扱い方とか、おれが見たり聞いたりしたことから考えると、ドクの仲間は今度の選挙で負けかけていて、それで自分たちに有利な材料が欲しいのかなと。あの人たちは、なぜこんなに一生懸命おれを助けようとしてくれるんですか?」

「いい質問だ、パット。だが答えは簡単だよ。ファニング・アーンホルトという名前を聞いたことはないかね? 〈ナショナル・ファランクス〉の会長の?」

「あの大きな愛国団体のことですか?」

「超愛国団体だ」ハーデスティは訂正した。「アーンホルト率いる〈ファランクス〉は、われわれ凡人もみなそれに耳を傾けて従いたくなるような主張をしている」

「そうなんですか?」

「アーンホルトはこの州で六回演説をする予定だ。一回目はこの州都で、二週間後くらいにやる。いま使われている何種類もの学校教科書を批判するんだ。社会にとって危険だといってね。彼がその演説をすれば、そういう教科書はあっけなく使用中止になって別のものに替えられるだろう」

「なるほど。でも——」

「わかるよ。石油産業で食っている市民を相手に教科書の話をしてどうなると言いたいんだろう。しかしわれわれは——ドクの一党は石油会社に奉仕しようとしているんだ。教科書叩きをやれば公衆の関心を石油会社から逸らせることができる。石油会社はその目くらましに大枚を払う値打ちがあると考えているんだ。われわれはたっぷり謝礼を受けとれる」

ハーデスティはにやりと笑い、両手をひろげて、暗い色の温かみのある目でおれを見つめた。「じつに汚いことをやるわけだが、こういう大きな儲け話にはすごいやつらが集まってくる。それがきみの利益になったんだ。ドクはこれを計画し、仲間たちに分け前を約束した。その見返りとして、仲間たちはきみの仮釈放に尽力したんだ」

「でも、それではまだおれの疑問への答えになっていませんよ。なぜドクはおれの仮釈放を望んだんです?」

「うーんその疑問の解決については」ハーデスティはためらった。「わたしは役に立てない気がするね」

「あなたは知っているはずです。あなたにはバークマンやほかの人たちより失うものがずっと多いでしょう。この計画が何を目的にしているのかわからないかぎり、手を貸すはずがないんです」

「つまりわたしもドクと同じくらいの利益を得られると確信できないかぎり、という意味かね?」ハーデスティは首を振った。「それはないかもしれないな。世の中、金がすべてじゃない」

「あなたはだんだん論点をずらしていきますね。おれが言っているのは、ドクがなぜおれをサンドストーンから出したがったのか、あなたは知っているでしょうということなんです」

「知っているかもしれない。でもなぜそれをきみに教えなくちゃいけないんだ?」

「それは……」おれはその回答のあからさまな拒絶にうろたえた。「教えてもらっても、おれにはなんのお礼もできません。でもあなたはおれに味方になってやるというようなことを言ったでしょう。あなたのことを信じていいって……」

「きみはわたしを信じたのかね？」

「えっと……」

「ほら、状況はわかるだろう、パット」ハーデスティは愛想よく微笑んだ。「きみは自分なら与えないであろうものを要求しているんだ。そしてさっききみが指摘したとおり、わたしには失うものが多い。どうなんだ？　きみ自身にはこうじゃないかという推測はないのか？」

「全然ないです。おれが人のためにできることなど何もない。おれは何も持っていない。知っているのは、おれには悪い評判があるということだけだ」

「とても悪い評判がね」ハーデスティはうなずく。

「そのことに何か意味があるということですか？」

「それはきみが考えることだ、と言っておこうかな」

「でも、どんな風に――」

「いいんだ、パット。きみはよくやっているよ」

「だけどミセス・ルーサーのことがあるから。あの女《ひと》のせいでドクがおれに腹を立てて仮釈放をご破算にしてしまったら、ドクの計画が、どういう計画かは知らないけど、だめになってしまう。おれはまた刑務所に戻って、ドクの努力は水の泡になる。もちろん、ドクは奥さんのことでは理性をなくすけど――」

「ちょっと考えてみたまえ、パット。きみがサンドストーンに戻って誰かが得をするという状況を思いつけるかね?」

おれはハーデスティをぼんやりと見た。ハーデスティは目を細くしてうなずいた。

「思いつけないようだね。でもいまにわかるよ。そのことと、別の側面のことも。それがわかったら、その意味がわかってきたら、また話そう」

「ありがとうございます」おれはそう言って相手と力のない握手をした。

「きみはしばらくのあいだ大丈夫だよ。例のアーンホルトの件がある。あれが終わるまでは何も起こらない」

「それを知って嬉しいです」

「安心していいよ。とりあえず、わたしはミセス・ルーサーがきみを悩ませないようにする手立てを何かとれないか考えてみよう。彼女はわりとわたしに好意を持っているからね」

ハーデスティはウィンクをして、おれの脇腹に軽く拳をあてた。そしてオフィスのドアをあけておれを外に送り出した。

「いまわれわれが話したことはふたりだけの秘密だよ」ハーデスティはまたおれと握手をした。

そして最後にもう一度微笑み、うなずいてから、ごくゆっくりとドアを閉めた。

14

　突然何もかもまた大丈夫になった。最初と同じような大丈夫さだった。ライラ・ルーサーを避ける必要はなかった。向こうがおれに近づかなくなった。稀に顔を合わせる機会があっても、かろうじて礼儀を守っていた。

　ドクが募らせていたように見えたわだかまりは一夜にして消えた。ドクはもとのドクになった。くだけた物言いと文法的に正しい物言い、浮ついた調子と重々しい雰囲気が、交互にあらわれた。情けない状況のもとでもなんとかやりくりする、鷹揚で人のいい男に戻った。

　ハーデスティを訪ねた翌週におれは給料をもらった。たしか金曜日だった。まだ一週間しか働いていないが、ひと月分くれた。

　小切手をドクに渡して現金化してほしいと頼むと、翌日の夜に部屋へお金を持ってきてくれた。にこにこして、お礼は一セントも受けとらなかった。

「お金は大事にとっておきたまえ、パット」とドクは言った。「役所の仕事なんてそのうちやりたくなくなるだろうし、どのみちやれなくなるかもしれない。仮釈放期間が明けたら本格的に働くといいよ」

「銀行に口座をつくったほうがいいですか?」とおれは訊いた。

「ああ、それがいいね」とドクは言った。「近いうちにわたしに暇ができたら、きみをダウンタウンに連れて行っていろんな人に紹介する。そのときに口座をつくろう」

おれは毎朝早目の時刻に部屋を出て、午後五時より早くは帰らなかった。たいてい一時間ほどマデリンのところで過ごした。そのほかの時間は映画を観たり、公共図書館で読書をしたり、車を乗りまわしたりした。

給料日から何日かたったある朝、おれは車である場所へ行った。サンドストーンから出た最初の夜に、ドクとふたりで立ち寄ったところで、油井から出る汚泥《スラッジ》で川幅が増し、悪臭のする危険な泥がひろがっていた。おれは意識的にこの場所を捜しあてたわけではないと思う。二十キロほども車を走らせてわざわざ来るほどの魅力などないからだ。でもおれはふと気づくとここへ来ていた。車を道路わきに駐めて、石のベンチのところへ行った。そこに腰かけ、注意深く前に身を傾けた。片手にいっぱい小石をすくいあげ、泥のなかへ落としはじめた。

ときどき鋼管を吊りあげる重機のかすかな音と、石油採掘労働者の「**よーし、おろ**

せ！」という遠い声が聞こえた。いくつもの四連ボイラーがものうげに煙を空中に吐き出している。おれがいるところでさえ、地面はリズミカルに震え、さらに小刻みな振動もたえずつづけている。泥まみれのブタのようなポンプが唸りながら泥を噴いている。

おれは長く深く息を吸い、ゆっくりと吐き出した。ここにいるのはいいものだった。ここに、あるいはどこであれ、サンドストーンでないところにいるのは。そのよさを、毎日毎日少しずつ、前よりいっそう強く感じた。警戒心を解いていられる。そうしたければ微笑んだり笑ったりできる。とにかく息が――楽にできる。策を練るのではなく、ただ考えごとをすることができる。

おれは前に身を乗り出して、下の黒い泥水に微笑みかけた。泥水からは別の微笑みが返ってきた。水に映った物思わしげだが自信にみちているおれの微笑みだった。

頑張れ、レッド、頑張るんだ、さもないと――

手がひとつ、おれの肩に置かれた。

「あんまり身を乗り出すと落ちるよ、レッド」

とっさの反射で、おれは自分の肩をぐっとさげながら相手の腕をつかみ、斜め上へ上半身を突き出そうとした。だが幸い相手が悲鳴をあげ、おれは逆向きの反射的な動きをした。そうしなかったらマートル・ブリスコーはベンチの上ではなく川に落ちていただろう。おれは頭に銃弾をくらい、矯正局長のあとから入水していたはずだ。

おれの車のそばにハイウェイ・パトロールの車が駐まっていた。州警察官がひとり、ホルスターの四五口径に手をかけて、土手の斜面をのぼってくるところだった。

州警察官は拳銃を抜きかけたが、マートル・ブリスコーがベンチからはね起きて、そちらのほうへ両腕を振った。

「待て、トニー！」息を吐ききる勢いで言った。それから息をつぎ、叫んだ。「ちょっと待て待て！」

州警察官は動きをとめた。「ほんとに大丈夫なんですか、ミス・ブリスコー？」

「大丈夫！」ブリスコーはふがっというような音を立てながら笑い、両手で服の塵を払うようなしぐさをした。「びっくりしたけど、なんにも問題なし」

州警察官はおれからブリスコーに視線を移した。浅黒い顔に不機嫌な失望の色が浮かんだ。「なんならわたしが――」

「車に戻って待ってなさい！」

州警察官は回れ右をして引き返していった。ブリスコーは首を振りながらベンチにすわった。

「どういうものだろうね。男に銃を持たせるとやたら撃ちたがるのは」

「おれもそう思っていました」おれはブリスコーの隣に腰をおろした。「びっくりさせてすみません、ミス・ブリスコー」

「なあに。こっちが驚かしたんだから驚かされるのは自業自得さ。こんな街中から遠く離れたところで何してるんだ、レッド？」

「遠く離れたところとは思いませんでした」

「いま働いてないのかい？」

「職にはついています。いまはちょっと何時間かやることがあって」

「まあいい。ちょっと言っとくよ、レッド。わたしはトニーといっしょに街からずうっと尾けてきたんだけど、一時間ほど前に見失ってね。三十キロほど走ってから引き返してきたら、ここにいたってわけだ。あんたこれをどう説明する？」

「おれがあなた方をまこうとしたと言うんですか？　おれは尾けられていることも知らなかったですよ」

「あんたの姿が、というか車が、見えなくなったのはどういうことだい？」

「それは単純なことですよ。ひとつには、たぶんあいだに何台も車がはさまっていた。でも一番の理由は、あなた方がおれを見たくなかったことだ。あなた方はおれが姿をくらまそうとしていると思いたかった。絶対そうだと思いこんでいたから、おれが赤い旗を振っていてもたぶん見えなかったでしょうよ」

「あのねえ、レッド。わたしが言いたいことはわかるだろ？　あの車はいったいなんだい？」

「州の車ですよ。知っているでしょう、ミス・ブリスコー」

ブリスコーは口をぱかっとあけ、目を光らせた。古臭いデザインのスカートのポケットから紙切れを一枚出して、おれのほうへ突き出した。

所有権移転や抵当権設定といった事柄を記載したサイズが小さめの法律文書だった。ブリスコーは〝車両の譲渡〟というタイトルの下の、赤い丸印をつけた項目を指で示した。

キャピタル・カー株式会社からパトリック・M・コスグローヴへ

'42フォード、Cp、$175

「このコスグローヴは別人だろうね」ブリスコーは皮肉っぽく言った。「さあ、そうだと言っておくれよ」

おれはかぶりを振った。何がどうなっているのか知らないが、別人のコスグローヴなどいないことはわかる。あまりにもうまく話が合いすぎていた。

おれは二百五十ドルの小切手を現金化したのだ。そこからひと月分の生活費を引くと、ちょうど百七十五ドル残って、車が買える勘定だ。おれがやったことではないが、そのことをマートルに言おうとは思わない。彼女はそもそもドクを身元引受人にしておれが仮釈放されることをよく思っていないのだ。もし彼女が、ドクがおれを利用しているのではないか、何かただごとでない事情があるのではないか、などと考えたら……。

おれは罠にはまっていて、ドアから出ることができなかった。ドアはサンドストーンに通じていた。おれは自分の出口を見つけるまでここにいなくてはいけないのだ。

「すみません。これが遵守事項の違反になるとは知らなかったんです」

「違反になるなんて誰が言った？　わたしが知りたいのはなぜ車を買ったかだよ。所有権は昨日移転してるけど、今朝の段階では車はまだ売り場にあっただろ」

「週末にとりにいこうと思ってたんです」

「でもどうして買ったの――あんなボロ自動車を?――州が一級品の車をただで使わせてくれるのに」

「簡単な話です。おれは自分では車はいらないから、転売するつもりなんです。おれは手先が器用だから、暇なときに修理をして、それで儲ける気なんです」

「ふうむ……」ブリスコーは疑わしげな目でおれを見る。

「おれはそうしようと思っているんです、ミス・ブリスコー」

「すぐにね」ブリスコーはうなずいた。「すぐにそうしたほうがいいよ。あんたは何を――あんたは神に誓ってあの車を買ったの、レッド?」

「何を言っているのかわかりません」

「わたしにもわからない。まあいいよ。車は今日中に引き取りなさいね。それと転売はできるだけ早くすること」

「はい。あなたの前を走って街に戻りましょうか?」

「それはしなくていい」ブリスコーはぴしゃりと言った。それから声と表情をやわらげた。「わたしはあんたの手助けをしようとしているの。わたしがしようとしているのはそれだけ。わたしにチャンスをくれるかい?」

「はい?」

「出てきなさい! その殻から出てきなさい。なかで腐ってしまう前に」ブリスコーはおれの膝に手を置いて、身を傾けてきた。「あんたは間違いなく困ったことになっている。とんでもなく悪い立場に置かれている。さあ事情を話して」

「話すことなどないです」

「ほら。ね? あんたはもう考えもしない。自動的に話をはぐらかす。ドクはあんたを何かに巻きこんでいて、あんたはそこから抜け出す方法がわからない。そうでしょ?」

「なぜドクがそんなことをするんです?」

「レッド——!」ブリスコーはため息をついて手をどけた。「もしかしたらこういうことじゃないの? あんたはまじめに更生しようとしている。ずっとそのまままじめにやりつづけたいと思っている。あんたがトラブルに巻きこまれているとしてもそれはあんたのせいじゃない」

「いま話すことは何もないです」おれは用心しながら言った。「でも何か起きるかもしれなくて……」

「なんなのそれは?」

「あなたが約束を守る人だというのは知っています。脅しでも約束でもちゃんとそのとおり実行する人だということは。だからいまあなたのその考えをもう少し具体的に言ってくれたら、おれは信じますよ。そしておれがやらなくてはいけないこと、正しいと思っていることをやると信じていると言ってください。おれをサンドストーンに戻さないようにすると言ってください」

「それは」ブリスコーは苛立たしげに笑った。「モノを見ないで買うにしては大きすぎる買い物だね、レッド」

おれはうなずいた。「でも、あなたがおれにしろと言っている買い物と似たようなものですよ」

「そうね。ねえ、レッド、これにはあんたとわたしだけじゃない、もっと多くの人間が関係しているんだ。この十年近くのあいだ、ドクとその仲間たちはわが世の春を謳歌してきた。でも今度の選挙では負けそうなのね。だから必死になっていて、わたしの信用を失墜させる方法を探してる。あんたがその方法かもしれないんだよ」

「おれをどう利用できるというのかわかりませんね。それにおれが聞いている話では、あなたは好きなだけいまの地位にとどまれるらしいではないですか」

「わたしは三十年いまの地位にいるけど、だからと言ってこのままずっとつづけられるわけじゃない。わたしが辞めたら、ささやかながらも点されていた改革の火が消えることになる。第一級のスキャンダルが起きれば、どんな役人も辞めなくちゃいけない。清廉なイメージの強い者ほど受ける打撃は大きいんだよ。いさぎよく負けるか、さもなければとてつもない妥協をするはめになる。それ以後仕事で何もできなくなるような妥協をね」

「でも——」

「ああ、わかってるよ。わたしがあんたの仮釈放に許可のサインをしたわけじゃない。でも事後の同意をして、その結果、あんたのことはわたしの責任になった。あんたがひどい苦境に陥ると、わたしが咎められることになる。わたしが首を切られると、改革の砦が崩壊する。自動的に後釜にすわるのはドクの仲間たちだ。ここは政党がたがいに競い合う州じゃない。有権者はこの人にやってもらいたいと投票するのじゃなく、あいつにはやらせたくないというのを基準に投票するんだよ」

「なるほど。だけど、あなたの信用を失墜させるのに、おれをどう利用するというんですか？」

「それはわからない。でもあんたにやれそうなことは何通りも考えられる。だから正直に話してほしい。そしたらできるかぎりあんたの味方をしてあげるから。約束する」

ブリスコーは疲れた感じで立ちあがり、いつも皺だらけのスカートを手でさすった。陽が完全に出て、彼女のとげとげしい痩せた顔の輪郭がくまなく浮かびあがった。頭の天辺の灰色のお団子にも赤みがさした。

おれも腰をあげた。ブリスコーはおれの顔をちょっと見あげて、陽のまぶしさに目を細くした。それからおれの腕をつかみ、そっとわきへ押して、土手をおりていった。

そのふらつかない落ち着いた足取りを見て、おれはなんとなく恥ずかしくなった。走ってあとを追うか、呼び戻すかしたくなった。だがその場にじっと立って、口をつぐんでいた。

おれは自分が間違いを犯しているのを知っていた。どれだけひどい間違いかにはまだ気づいていなかったが、ともかくほかに何をしていいかわからなかった。

15

キャピタル・カー株式会社はダウンタウンのビジネス街のはずれに一ブロックの端から端までを占める販売店を持っていた。販売員がおれを自動車に囲まれて隠れている小さなオフィスへ連れていった。おれは店長に自己紹介をした。金歯ののぞく、動作のきびきびした小柄な男で、名前はリヴァーズといった。

「はい、承知しております」とリヴァーズは即座に言った。「奥様があなたのために購入された車ですね。とてもすばらしい奥様です。ご覧になりますか?」

「家に持っていきたいんですが」

「それはどちらでも。奥様はあなたがしばらくここに置いておかれるかもしれないと言われましたが。それにしても、とてもすばらしい奥様です」

「車を見せてください」

店長に先導され、自動車の列の中ほどまで来て足をとめた。フォードのクーペがそこにあった。けっしてポンコツではないが、ボディには傷が多く、光沢がなかった。タイヤは新しい。おれはボンネットをあけてエンジンを見た。石鹸水で洗いあげたようにきれいだった。

「これはお買い得です」とリヴァーズは断言した。「もし売約済みでなかったら、今朝、二百か二百二十五で売れていたでしょう。小柄な年配のご婦人がこれを見ていましたよ。いかにも車に詳しそうな方でした」

会社の従業員である若い黒人の男がおれの代わりにフォードのクーペをドクの家まで運転していった。リヴァーズが別の車でついてきて、若い従業員を乗せて帰った。

おれは州の車とクーペを歩道ぎわに残して家に入った。玄関前の階段をのぼっているとき、正面壁の窓のひとつでブラインドが動き、おれが玄関のドアをあけたときには、ミセス・ルーサーが自分の住居のドアの前に立っていた。

シルクの花柄の部屋着を着ているが、ボディスの生地はごく薄手だった。彼女はにっこり微笑み、後ずさりで部屋に戻りながらおれを手招いた。

「あなたって悪い人！　あたしたちのサプライズプレゼントを見つけたのね」

「ドクはいますか?」とおれは訊いた。

「いいえ。今日はお出かけ。入って」

おれは部屋に入り、ドアの近くに留まりながら、できるだけ彼女に近づかないようにした。ミセス・ルーサーはドアを閉め、明るく微笑みながら叱るような顔をしておれを見、クッション張りの寝椅子のほうへおれを導いた。

「さてと」彼女はおどけたしぐさでおれを寝椅子に押しつけるようにしてすわらせた。

「どうやって見つけたの？」

「見つけることになっていたんじゃないんですか？」

「もちろん違うわ。まだ見つけちゃいけなかったのよ」

「そうですか——」おれはためらった。「でも推測はできるでしょう、ミセス・ルーサー。ハイウェイ局には自動車の所有権移転の情報が毎日入る。おれは自分が車の所有者になったことを知って、販売店へとりにいった。おれとしては当然そうするでしょう？」

「まあ……知ってしまったのならね。もちろんあたしたちはあなたの誕生日にプレゼントするつもりだったけど」

「どうもありがとうございます。でも勘違いなさったんじゃないですか？　おれの誕生日は三月、つまり二ヵ月以上前です」

「あら、**まあ！**　ドクターは五月だと思ってるのよ！」

「なんだか申し訳ないですね。もしお金をお返ししたほうがよければ……」

ライラ・ルーサーは、それはどうかしらという顔でかぶりを振った。ドクがそれを望まないのはわかっているのだ。おれはさらにモゴモゴとお礼をつぶやきながら、生気のない美人顔の下で何を考えているのだろうといぶかしんだ。

五月《メイ》と三月《マーチ》。近いし、どちらもMで始まるし、間違えてもおかしくない。車をプレゼントするというのは、おれに対するドクのいろいろな気前のいい行動と釣り合いがとれていなくもない。おれはいますぐ車が必要というわけではないが、状況が変わって必要になることもありうる。何を疑うことがあるだろう？

ふとライラ・ルーサーを見ると、その目に奇妙な色が浮かんでいた。恥と飢えの混じった色だった。おれは彼女に微笑みかけた。彼女が微笑み返してきた。はにかんだように、かすかな赤みが小麦色の顔にひろがった。彼女自身、その赤面に気づき、なんとかそれを消そうとした。

おれは手をのばし、指先で彼女の胸の形をなぞった。

彼女は息をのんだが、からだを引きはしなかった。じっとすわったまま待ち、唇を噛んだ。

「あなたは自分らしくないことをしているんですか、ミセス・ルーサー？　それとも、これがあなたなんですか？　そのどちらかのはずだけど」

「い――意味がわからないわ」ミセス・ルーサーが懸命に考えようとするのと、何も考えまいとするのを同時にしているのが、おれにはわかった。「あ――あたしに尋問する権利なんてあなたにはないはずよ！」

「あなたは次々にモーションをかけてきた。時も場所も選ばずに。それからハーデスティにそういうことをやめるよう言われたから、やめた。あなたはおれからモーションをかけてくることを予想していなかった。それでいまどうしていいかわからずにいる」

「ど――」目が焦点を失ってきた。「どうしていいかはわかってる」

「吐いてしまいなさい！　あなたは色目を使えと言われた。それからやめろと言われた。一体どういうことなんです？」

ライラ・ルーサーは答えなかった。からだをもぞもぞさせ、おれに近づいてきた。唇をひらき、瞼をものうげにひくつかせた。深く息を吸って胸をふくらませ、そこでとめたように見えた。

演技だとすれば、名演技だった。どちらなのか、演技だとしてどのくらい名演技をするのか、おれは確かめることにした。両手でボディスをつかみ、横にひろげながら引きおろした。

ボディスが紙のようにふたつに破れ、ライラがおれにすがりついて、両腕をおれのからだにまわし、声をあげた。

「パ、パット！」それはほとんどすすり泣きだった。ヒステリックに取り乱して激情をあらわにする声だった。「ああ、パット……」

ライラはおれを引っ張っていき、引きおろした。


まだふたりでいっしょに横になったまま、おれは考えていた。灰色がかったブロンドの髪が心地よい湿りけをおれの顔に伝え、彼女の唇がおれの耳を這い、キスをし、ささやいた。やわらかい熟れたからだが、おずおずとしたリズムでまた動きはじめた。

でも、おれは考えていた。

いまドクが入ってきたらどうだろう。ドアがひらいて、そして……

ドアが本当にひらいた。

コーヒーテーブルにヘアブラシが、銀の背をこちらに向けて置かれていて、ひらいたドア口を映していた。ドクの姿を映していた。

ドアはひらいたときと同じく音もなく閉じた。

ドアは閉じた。網戸が慎重にひらき、これも閉じた。

数十秒後、エンジンの遠い静かな音が聞こえてきた。その遠い音が、さらに遠くなった。

異常なまでに嫉妬深いドクが、これを見た——**これを！**——そして車で走り去ったのだ。

一分に満たない、ほんの数十秒のできごとだった。あまりにも速くて、衝撃や恐怖を感じなかった。ライラはそれを見も聞きもしなかったようだ。

おれは半身を起こした。やっと衝撃がつかみかかってきた。薄い寒気が胸と喉にひろがり、額に冷たい汗がふきだした。

「ね、どうしたの?」ライラもからだを起こして、不安と飢えの混じった顔をした。

「なんだろう。急に気分が悪くなった」

ライラが、「自分の部屋へ行ったほうがいいかもね」とささやいたので、おれはそうした。

おれは彼女に話したかったのだ。説明したかったのだ。でも理由とは呼べない理由から黙っていた。もしかしたら彼女は事情を知らないかもしれない。でももし知っていたら、おれが話すことで危機が早まるかもしれないのだ。なぜだか、そしてどのようにしてだかわからないが、おれはその危険を感じた。ライラは信用できなかった。車のことでは嘘をついていた。比喩的に言えば、おれがこの家に来てからずっと嘘をつきつづけていた。彼女は事情を知っていて、おれは知らない。そしてもしおれがそれについて彼女に話したら……

わからない。何が起きるかはわからない。でもおれはライラに話してそのことを知ろうとはしなかった。

16

小石模様のガラス窓があるドアにはこんな看板が掲げられていた。

探偵社
E・A・エグルストン

オフィスは公営市場の近くにある古い五階建ての建物に入居していた。

こんな場所でやっているのならたいした探偵じゃないな、とおれは思った。おれの知りたいことを調べさせるなら優秀でなくてもかまわない。いや、むしろそれほどやり手でないほうがいい。やり手の探偵はこれはなんだか妙だと気づいて独自に事情を洗うからだ。

エグルストンは背が高く、顔の細い、眠たそうな感じの男だった。おれが入っていったとき、探偵は机の上にすり減ったクレープソールの靴をどっかりのせ、大きな骨ばった両の手を腹の上で組んでいた。形の崩れた灰色の帽子はまぶかに引きおろされて額が隠れていた。

おれがいた半時間ほどのあいだ、帽子の位置もからだの姿勢も直されなかった。

「コスグローヴ」と男は低いやわらかな声で言った。「仕事は何を？」

「それを知らなくてはいけないのかな？」

「あんたが殺す値打ちのある人間かどうかを知る必要がある。たとえばあんたがビジネスをしているとして、あんたが永久にいなくなったらそれが立ちゆかなくなるのかどうかだ」

「ビジネスはしていない」

「あんたにまとまった金を貸してる人間はいないかね？　あんたがバラされたら困る人間は？」

「いない」

「扶養家族はどうだ？　近しい親戚は？　奥さんは？」

「いない」

「それでも知らないうちに保険をかけられてるかもしれないと思うんだね？」

「ああ――そうだ」

「なぜ?」

「いやはっきりそう思っているわけではないが、そうかもしれないと思うんだ」

探偵は一分かそこら何も言わなかった。ひょっとして居眠りをしだしたのかと思いはじめたとき、またしゃべりだした。

「前に歯医者に歯を抜いてもらいにいったんだ。でも抜かなきゃいけない歯はめちゃくちゃ痛かったから、おれは医者に別の歯を指さした。あんたもあのときのおれと同じことをしようとしてるように見えるよ」

おれは笑った。「おれはわかっていて嘘をついているわけではないんだ、エグルストン。おれがこんなことを調べていると知ったらものすごく嫌がる人たちがいる。だからそれを知られるわけにはいかないんだ」

「それで?」

「ひと月ほど前に、ある人がかなりのお金をかけておれにあることをしてくれた。それからあとも何度かいいことをしてくれた。それは以前に会ったことがない人だし、おれにどんなお返しができるのか見当もつかない。せいぜい保険をかけられているのかなというこどぐらいしか考えつかないんだ」

「その人になぜいろいろしてくれるのか訊いてみたかね?」

「ずばり訊いたことはない。彼らはなんとなく慈善だというようなことをほのめかす。でもそれはその人たちについておれが知っていることと合わないんだ」

探偵は黙ってじっとすわったまま自分の両手を見おろしていた。

「保険会社の団体で、そういう情報を教えてくれるところがあると思うんだが」とおれは言った。「もちろん、おれが問い合わせたということを問題の人物に知らせないで」

「ふむ。それには二十ドルかかるよ、ミスター・コスグローヴ」

「妥当な値段だと思うね」おれは二十ドル札を一枚出して机に置いた。

探偵は片足を軽く持ちあげ、靴の踵で紙幣を引き寄せた。

「あんたに保険はかかってないよ、ミスター・コスグローヴ。ほかに何を知りたい?」

「いや、いま金を払ったのは確かな情報が欲しいからで――」

「だからいまのがそれだ。信用できる情報だよ。保険関係の仕事はずいぶんやったからわかる。誰もあんたに保険をかけちゃいない――あんたがおれに本当のことを話したのならね」

「本当のことを話したよ、でも――」

「ある人に保険をかけるには被保険利益ってやつが必要だ。ある人が死んだ場合に、その人が生きていたときよりも多くの利益を受けるってことがないか、ほとんどないってことを合理的に証明しなくちゃいけない。その人の夫や妻の場合は、精神的損害や金銭的損害を受ける。だけどあんたの場合、被保険利益を持っている人間は誰もいないようだ……」

どうやらこの探偵は昼寝以外にすることがほとんどなく、保険制度のことは趣味でよく勉強しているようだった。さらに十五分近く話しつづけるあいだ、ほとんどからだは動かさず、低くやわらかで単調な声も変えなかった。保険契約に関するあらゆる側面の、おれに関係する可能性のあることをしゃべったようだった。

ようやく話が終わると、おれは立ちあがった。

「ところでミスター・コスグローヴ……」と探偵は言った。

「なに?」

「あんたは教養があるようだが、そういう人なら自分に保険がかけられてないことがわかるはずだ。社会経験がそれなりにある人間ならわかる」

「おれにはあまり社会経験がないということかもしれない」

「おれもそう思ったよ」

「おれの知っていることから判断すると、まず間違いなく保険をかけられていないと言えるんだが、最近状況が変わったんじゃないかと思ったんだ」

「変わったとしても、そんなに最近のことじゃないだろう、ミスター・コスグローヴ。あんたはまだ若い。そう長く世間から遠ざかっていることはありえないよ」

「さようなら」

「あんたはある人物とひと月ほど前に知り合った」探偵は低く単調に話す。「その人物はあんたにとてもいいことをしてくれた。でもあんたは疑いを持ってる。それならその人物から離れたらどうかな？　たとえばこの州から出ていくとか」

おれは足をとめて振り返った。探偵は気怠そうにうなずいた。

「でも離れられないんだね？　そうか。ふむ。ここを出ていけないと。あんたの疑いには充分信憑性があるかもしれないって気がしてきたよ。あと二十ドル払ってもらえるかな？」

おれは机の前に戻り、二枚めの紙幣を置いた。探偵はまた踵でかき寄せた。

「何年入ってたんだ、ミスター・コスグローヴ？」

「十年から終身の刑で十五年つとめた」

「そして知り合いでもなんでもない人物が仮釈放されるよう骨を折ってくれた――あるいは仮釈放を買ってくれたとでも言おうかな?」

「そういうことだ」

「それならあんたの考えは正しいね。不安になる理由が充分にある。恩赦だって同じくらいの値段と骨折りで手に入るが、恩赦だとあんたはどっかへ行ってしまえる――骨を折ってくれる人物の手の届かないところへね。つまりその人物は慈善家じゃないってことだ」

「さようなら」

「ああ」

探偵はうなずき、また眠りこんだように見えた。おれはオフィスを出た。

情報が増えた……でもそれをどう使っていいかわからなかった。

17

刑務所が人間にもたらす害悪のひとつは、自分はつねに間違っているという感覚を染みこませてしまうことだ。他人が自分に対してすることはすべて正しいが、自分がすることは、過失によるものであれなんであれ、まったく許されないと感じるようになるのだ。

おれはドクに対してそんな風だった。ライラとおれの一場を見たときのドクの反応は正しいと感じていた。いまのおれにははっきりわかるが、おれは自分が悪いように考える強迫観念にとらわれていた。いまのおれは、自分はドクに何も悪いことはしていない、謝ることは何もないと確信している。それでも、おれは罪悪感をおぼえた。これはどうしようもないことだった。

その夜は午前零時に近くなるまで家には帰らず、翌朝は早くに家を出た。その日の夜になると、罪悪感はいくらか薄れていた。気分はまだ落ち着かなかったが、事情がわかればドクも、それを車をめぐる問題のせいにするだろうと期待した。

ドクが部屋に入ってきたとき、すぐにおれはその問題を持ち出した。

「ふうむ」ドクは思案顔でうなずいた。「マートルが所有権移転の記録を読むことは予想しておくべきだったね」

「いずれにしてもおれは感謝していますけど」とおれは言った。

「礼なんかいいよ、パット。来年はもっとうまくやるようにしよう」

ドクはおれといっしょに軽く一杯酒を飲んだあと、出ていった。おれはベッドにどさりとからだを横たえた。ほっとしたのだが、そのことで自己嫌悪をおぼえた。

ウィリーが入ってきておれの食器をさげた。おれは、ライラとおれを覗いたのはドクではなくウィリーだったと自分に言い聞かせようとした。ウィリーはあのとき家にいたはずだが、ドクのほうは、いる理由がなかった。

でも本気でそう思うほどおれは馬鹿ではない。あれはドクだったのだ。ドクはおれが家に帰ってくるのを予想していた。車のことがあるからだ。もしかしたら販売店からおれをつけてきたのかもしれない。そしておれとライラを見たとき……

なぜドクは当然予想される反応をしなかったのだろう？　おれの知るかぎり異常なまでに嫉妬深いドクが示すはずの反応を？　あとでおれと話をつけるつもりなのか？　おれが油断しているときを見計らって？　それとも純粋に実際的な理由から何かするのをあとに延ばしているのか？——喧嘩をすると、おれがある役割を果たすことになっている計画が台無しになるから?

そのどちらかかもしれないし、両方かもしれない。あるいは——おれはベッドの上で身を起こした——**ドクは奥さんのことなど全然気にしていないということもありうる。嫉妬は演技かもしれない!**

おれは立ちあがり、部屋のなかを歩きまわった。謎の答えがほぼわかった気がして興奮した。

あれは演技だったのだ! いま振り返ればあれが本当ではなかったのがわかる。演技過剰もいいところだ。ドクはいつも気まずい瞬間にあらわれる。ライラは芝居がかった傲慢な態度でドクをののしる。ドクの顔にウィスキーを浴びせる。

あれは全部くさい芝居だったのだが、おれは騙されてしまった。あまりにも衝撃的だったので、ドクがおれの仮釈放の取り消しを当局に求めるのではないかと怖くなった。おれがハーデスティに遠くへ行くかもしれないとほのめかしたら、おかしなことはやんだ。彼らはおれに遠くへ行ってもらいたくないようだ。彼らが望んでいるのは、おれが頭のなかでドクをある種のタイプの人間として固めさせることだ。

全部、筋が通る。ハーデスティはドクにおれがどう感じているかを話し、ドクがライラにおれにかまうなと命じた。そして昨日は家までおれをつけてきて、ライラがまたまずいことを始めたら、止めに入っておれをなだめる気だった。でもライラがかなり行儀よくしているらしいのを見て、そっと立ち去った。

でも、ハーデスティはどうなのか？　ハーデスティはドクを信用せず嫌っているようなのに、なぜドクにおれの訪問のことを話したのだろう？　ハーデスティはドクへの不信感と嫌悪をおれにも持たせたがった。おれがその不信感と嫌悪を持つよう働きかけた。それがおれの答えだ。ハーデスティの意見によれば、おれはまだ充分な働きかけを受けていない。まだ利用できる状態になっていない。おれがそういう状態になるまでのあいだ、ハーデスティが主に関心を持っているのは、おれがサンドストーンに戻されるようなことをしでかさないよう気をつけることだ。

マートル・ブリスコー——おれは歩きまわるのをやめてまたすわった。マートル。彼女はドクの首根っこを押さえるのにおれを利用している。おれという人間は、これで首を吊れと彼女がドクに差し出しているロープだ。

そしてドク……ドクは、マートルが事情を察知して行動に出ることを予見していた。ドクもドクでロープを繰り出していた。彼はマートルがロープを締める前に自分のロープを締められる自信があったのだ。

ミセス・ルーサーは？　三人の誰かに協力しているのか、それとも彼女独自の計画があるのか？

そして、マデリンは……？

いや、マデリンはちがう。彼女のことはこれっぽっちも疑ったことがない。おれの直感が彼女について告げることはこれだけだ。彼女は善良で、おれを愛している。もしこれが間違っているなら、おれはすべてのことについて間違っているだろう。実際、そうかもしれない。

おれには何もわからない。推測するだけだ。その推測も、よくよく突きつめて考えてみると、馬鹿げたものに思えてきた。

恩赦についてのエグルストンの考えが間違っているなら、おれの推論のほとんどが崩れる。ドクはおれの味方かもしれない、となる。ドクはおれたちが危険な状況に押しやられようとしているのに気づいて、全力でそれを避けようとしている、ということもありうる。

ああ、でも、ちがう。そんなはずはない。それは――

おれは諦めた。服を着替えてベッドに入った。そう、おれは眠った。ああでもない、こうでもないと、考えに考えて、一日分の考えをとっくに超えていたのだ。

翌日、仮釈放の二ヵ月めがはじまった。おれはドラッグストアからマートル・ブリスコーのオフィスに電話をかけ、何時に出頭すればいいか尋ねた。マートルはそっけなく、わざわざ来なくてもいいと言った——話したいことがあるのなら別だが、と。

おれは、ないと答えた。マートルが叩きつけるように電話を切った。

マデリンのアパートメントに着いたのは九時ちょっと過ぎで、マデリンはまだベッドのなかだった。居間のドア口まで出てこずに寝室のドア口から顔を突き出した。

おれが寝室に入ると、すぐにドアを閉め、激しい愛情をこめておれを抱きしめてから、またベッドにからだを投げた。白い半ズボンのパジャマに白いノースリーブのプルオーバーを着ていた。

枕に頭をつけてあおむけになり、両脚をまっすぐ上にのばして、悪戯っぽい笑みを向けてきた。

「今日は一日中ここにいようかな」

「ひとりで?」

「それは嫌かな」マデリンは脚をおろして上体を起こし、あくびをした。「わたし、ものすごーく疲れてるの。コーヒーいれてくれる?」

「いいよ」

「そのあいだに何か着とくね。あなたが邪悪なことを考えないように」

おれは邪悪なことを考えたことは一度もないと言って、台所へ行った。

ポットをコンロにかけ、トースターにパンを二枚入れた。コーヒーとトーストができるのを待つあいだ、トレイにナプキンを敷き、マーマレードとバターとひと切れのオレンジをのせた。すべての作業を含めて五分とかからなかった。おれは彼女の朝食の用意をするのにかなり慣れていた。

トレイを持って寝室へ行きかけたが、台所のドア口で立ちどまり、その向こうを見た。寝室のドアがさっき出てきたときのままひらいていて、おれも寝室にいるのとほとんど変わらず、マデリンの様子がよく見えた。その様子を見ると、背筋に冷たい衝撃が走った。

半ズボンとプルオーバーは床のマデリンの足もとに落ちていた。マデリンは薄地の白いパンティをはいており、両手を背中のうしろにまわしてブラジャーのホックを留めようとしていた。何か考えごとに没頭している様子だった。服を着ることではなく、何かのことを――あるいは誰かのことを考えていて、しかもそれは愉快な考えごとではなかった。

　以前は、まじめなことを話すときでも、マデリンはいつも陽気で、上機嫌で、明るかった。そうでない彼女を見たことがなかった。**マデリンはそうでない自分をおれに見せなかった**。ところがいまはその陽気さや上機嫌のかけらも残っていない。まるで同じ女とは思えない――いまの顔は憎悪を表現した仮面のように醜悪でぶきみだ。

　おれは台所のなかに戻り、一、二分待った。それから口笛を吹きながらまた寝室に向かった。

「ねえ」マデリンは、ベッドに置く読書用の小さなテーブルにトレイを置いたおれに言った。「なぜそんなに時間がかかったの?」

「ゆっくりやったんだよ」おれは軽い口調で答えた。「ハダカのときに入っちゃ悪いと思ってね」

「ああ、そりゃそう!　そりゃそうよね」

　俺はコーヒーを注いだあと、ベッドのマデリンの隣に腰かけた。スラックスとセーター姿のマデリンは、枕にもたれてすわり、両膝を立てていた。

「おいしい」オレンジを齧って、そう言った。「とってもおいしい」

出会ってから初めて、おれはマデリンに話しかけるのを難しいと感じた。彼女のとりとめのない、悪戯っぽいおしゃべりに反応するのが。さっき見たことを考えると、彼女と口をきくのがグロテスクなことに思えた。大水に喉まで浸されながらゲームに引きこまれているような印象を持った。

マデリンが食べ終えると、おれは彼女がくわえた煙草に火をつけた。マッチを差し出す手が少し震えているので、マデリンがおれの手首をつかんで安定させた。

「今朝はなんだか様子が変じゃない、パット?」

「変って?」

マデリンは何も言わない。枕にもたれてじっと待っている。茶色い目は表情が読みとれなかった。

「ちょっと心配なんだよね」とおれは言った。「たぶんそれだけだと思う」

「何が心配なの?」

「これからおれの身に何が起きるか。いま何が起きているか」

「いま?」

「そう」おれは車のことと、マートル・ブリスコーとの会話のことを話した。話している途中でマデリンは身を起こし、おれの手を握った。

「パット。マートルに事情を話そうって考えたことはあるの?」

「あるよ」おれはマデリンをまっすぐに見た。「何もかも話そうかって。関係のある人、関係のあること、全部を。おれはサンドストーンへ戻されるかもしれないけど、道連れが何人もできるだろうと思う」

「かもしれないわね」──マデリンはおれの手を離した──「なぜ話さないの?」

マデリンの声は平板で、視線はおれのと同じようにぐらつかなかった。おれは脅しをかけたのだが、それでおれが何を得たのかは、わからない。アドバイスか、向こうからの脅しか。

「申し訳ない」とおれは言った。「頼りにできるのはきみだけなんだ。でもきみを頼ってもいいことはなさそうだ。もちろん、何かいいことを期待していい根拠なんてない。きみにはおれの手助けをする義理なんて──」

「ほんとにそう信じてるの、パット?」

「自分がどう信じているのかはわからない」

「そうね」マデリンはうなずいた。「そしてあなたにはどんなことにも自分の答えがある。あなたは自分の抱えている問題しか見ない。自分以外の誰も信用しない。わたしが知っていることを全部話すわけじゃないという事実は、わたしがあなたに敵対していることを意味している、とあなたは解釈する。あなたにわかっているのはそういうことよ」

「おれはそうは思わない」

「いいえ、そう思っているわ、パット。そしてそう思うのは間違いなのよ。あなたに話さないことがあるのは、あなたがそれを知るのはいいことじゃないからなの。あなたが自分に扱えないことを背負いこんでしまうから」

「ただじっとして何もしないのがいいってことかい?」

「だいたいそういうことね」マデリンの表情がやわらかくなった。「当面はそれがいいのよ。何かすべきときが来たら、わたしが教えるわ」

マデリンはおれの手をぎゅっと握り、それから身を起こしておれのからだに両腕をまわしてきた。おれを枕のほうへ引きおろし、頰をおれの頰につけてきて、唇をおれの耳に触れさせて動かした。

「可哀想な赤毛のパット」そうささやいた。「何も心配することはない。もう少ししたら……面倒なことは全部終わるわ」

18

罠ががちゃんと閉じた。おれはそれを感じとった。四方八方からいろんなことが押し寄せてくる感覚があった。

月曜の朝、おれは議事堂へ行って、リタ・ケネディに調査報告書の束を提出した。もちろん無意味な報告書だが、ちゃんとやっているという見掛けをつくらなければならない。ハイウェイ局の人たちの地位は安泰だが、それでも選挙の年には不必要な危険を犯すわけにはいかないのだ。

秘書のリタ・ケネディはいなかったが、おれに用があるという言伝を残していた。おれは昼間に本を読んだり車を運転したりして、夜にまた議事堂へ出向いた。

リタはおれから報告書を受けとると、きりっと微笑んだ。

「今朝は留守をして申し訳なかったわね、パット」

「いえ、全然」

「それはよかった。外は雨が降ってる?」

降っているとおれは答えた。「降りはじめだけど」

「ええいもう、夜のこの時間だとタクシーはつかまらないだろうし、降る日にかぎって傘を持ってきてないし」

「おれの車がありますよ。州の車。もしよかったら……」

「じゃお願い」リタは即座に言った。「わたしのコートをとって。わたしは机に鍵をかけるから。早くここを出たいの」

おれはリタがコートを着るのに手を貸した。リタはオフィスを出るとき、おれの腕を軽くつかんだ。廊下を歩き、車のところまで出ていくあいだ、おれの腕につかまっていた。ずっとからだをおれのほうへ傾けていた。

「そのうちちょっと話をしようと思ってたのよ、パット」リタは歩道ぎわから車を出すおれに言った。「運転しながら話せる？」

「ええ、大丈夫です」

「でもやめたほうがいいかしら。ほかの車とぶつかったら嫌だし、雨が降っててよけい危ないし。わたしのアパートメントに着いてからにしましょう」

「いいですよ」

「あなたは急いで家に帰らなくちゃいけないわけじゃないわね？」

「ええ」

「じゃあ少し時間をちょうだい。長くは引き留めないから」

「そのほうがよければ、いいですよ」

「ええ、そうして。しばらく話はよしましょう」

リタは住所を言った。おれは黙って運転した。大きなアパートメントの前で車をとめた。玄関まで行くおれたちにドアマンが傘を差しかけてくれた。エレベーターが最上階に近い階までぐんぐんのぼった。

ここは全部で何戸ぐらいあるのか知らないが、大きくて金のかかるアパートメントであるのはわかった。質のいいものが好きで、そういうものを買うお金を長いあいだにわたって持っている人たちが住む場所だった。

白いキャップを頭にのせた黒人のメイドがおれたちのコートを受けとると、リタが飲み物は何がいいかと訊いた。

「スコッチをもらえますか」とおれは答えた。

「じゃわたしも同じに……さ、火のそばにすわって、パット」

おれは暖炉の前の椅子にすわった。リタはグランドピアノの上の花瓶の花を整えてから、マントルピースのわきに立った。飲み物が来ると、グラスを掲げておれにうなずきかけ、口に運び、ほとんど空にして置いた。

「なんとなく、サンドストーンで出る飲み物よりも少しばかりいいんじゃないかと思うけど」

「ええ。そのとおりです」とおれは言った。

「まあ、そうあまりピリピリしないで。あなたの経歴を詳しく調べさせてもらったわ、パット。信じる信じないは自由だけど、ハイウェイ局では人を雇うのをものすごく慎重にやるのよ」

「それはそうでしょう」とおれが言うと、リタは笑った。

「あなたはきっとうまくやっていくと思うわ、パット。分別を働かせればね。もう新しい後援者は見つけた？　知ってのとおり、バークマンはおりたものね」

「いや。彼がおりたなんて知りませんでした」

「おりたのよ。選挙に負けるというのはただ形だけのことでね。あなたを支援すると決めたとき、わたしたちははっきり判断していなかった。そしてはっきり判断できるまで、蓋はしないの。あなたや、多くの人にとって幸運なことにね」

おれは言った。「ええと――」

「うちは州政府で一番大きな部局で、職員の数も一番多いの。おかげでわたしたちは――トップのひと握りの人間は――地位を永久のものにできる。候補として有望そうな人材を見つけたら、ひいきにしはじめるのよ。選挙がまだ一年先でも。逆にある人間が落ち目だと見たら切り捨てる。その人間の子分たちも追い出す。その人間と子分たちを一掃して、新人を入れるわけ。わたしたちはバークマンを切った……」

「そうすると……彼の息がかかった連中も叩き出すわけですね？」

「もう叩き出したわ。あなた以外はね。あなたとは取引しようかと思ってるの」

「どういう取引？」

「情報とひきかえに仕事をあげるという」

「あなた方の役に立つ情報なんておれは持っていないですよ」

「その判断をするのは多分あなたよりわたしのほうが適任ね。わたしたち、興味津々なのよ。空気のなかに何か目に見えないチャンスが漂ってるんじゃないかと思って。ドクはあなたのために大変な骨折りをしてきたでしょう。彼は敵と敵を争わせて漁夫の利を得るのが得意なのよ。さあ正解は何？」

おれはかぶりを振った。この女のことはよくわからない。事態はあまりにも急展開しすぎている。

「知らないです」とおれは答えた。「かりに知っていても言えません。ドクはおれをサンドストーンから出してくれた人です」

「でもあなたをまた戻すこともできるのよね?」

「ええ。でもおれは脅されなくても味方を裏切ったりしませんよ」

リタは小さく微笑みながらうなずいた。そう言うと思っていた、というように。

「あなたの服役した経験はわたしの知り合いたちの役に立つと思うの、パット。とにかくその仕事はやってもらえるわ。もう一杯飲む?」

「いや、いいです。もしかしたら、おれにその仕事をやらせないほうがいいかもしれないですよ」

「馬鹿なことを。大ごとに考えすぎよ。あなたがそこで何か値打ちのありそうな情報を拾えたら、儲けの分け前をあげる。あなたがドクの助けになれるのは、給料の一部をあげるときだけでしょうね」

「それは喜んでするつもりです」

「それじゃ引き続きわたしたちのところにいるつもりなのね。わたしはどうなのかと思ったの。車を買ったときも、どうするのか気をつけていたのよ。どこかへ行ってしまう気かもしれないと思って」

「いや、あれは古い車ですから。おれはその辺を乗りまわそうと思っただけです」

「そう？　でも仕事が終わったあとも州の車に乗ってると思ったけど」

「そうですよ。おれは空いた時間を使ってあの買った車を改良しようと思っているんです。改良して売るんです」

「なるほど」

「どこかへ行ってしまうわけにはいかないですよ。仮釈放の遵守事項違反になるから」

「そういうことよね。もしあなたがどこかへ行ってしまったらどうなるかしらって考えたの。失うものは多いわね。で、得られるものは何かしら？」

「なんにもないですよ。だからどこへも行きません」

リタは微笑み、灰色の髪の頭を小さく振った。

「『サッフォー』って小説、読んだことある？」

「ないです――あ、いや。アルフォンス・ドーデ、ですよね？」

「あの主人公にもいろんな方面に責任があるのよね。仕事の上でとか。誇り高い一族の一員としてとか。なのに娼婦に入れこんでしまう。ものすごく可愛い娼婦に——といっても、男が惚れてしまう娼婦はみんなものすごく可愛いけど。そうでしょう?」

「なんの話かわからないな」

「ミセス・ルーサーのことよ」

おれは、「ああ」と言った。そしてたしか、心のなかで安堵のため息をついたのだった。

「あの人を好きになってしまうのは無理もないと思う。あなたを責める気は全然ないわ」

「好きになってなんかいないですよ」リタがそんな話を聞いているはずがない。もしそういう噂が流れていて、リタの耳に届いているとすれば……

「もしわたしがあなたを嘘つきだと言ったら、あなたはどう返す?」

「そうだな」おれは微笑んだ。「あなたのことばならそのまま受け入れます」

「じゃ言ったと考えて。あなたは最悪の嘘つきだって」

「わかりました」

「わたしがあなたなら、ようく考えるわね。ドクはわたしにあまり強い印象を与えない。つかみどころのない人間のように思える。だけどあの奥方には相当入れこんでいるからそう簡単に諦めないはずよ。どんな人間にも理性で扱いきれない部分がある。そのためなら人殺しだってするというものがね。ミセス・ルーサーに手を出しちゃだめよ。彼女とは関わりにならず、向こうから関わり合おうとしてくるのも拒むこと」

「どうもその——」おれは口ごもった。「あなたが言おうとしていることがわからない感じなんです、ミス・ケネディ。ミセス・ルーサーは男にちょっかいをかけたがるところが少しあるんです。相手にその気があろうとなかろうと——」

「そういうことを言ってるんじゃないの」

「はあ——」

「もう一杯どう？　あと五分ほどで着替えを始めなくちゃいけないんだけど」

「いえ、けっこうです」おれは腰をあげた。「お話ししてくださってありがとうございました、ミス・ケネディ。でも、あなたはおれについて何か本当じゃないことを聞いていらっしゃるようです。誰かがあなたに間違った事実を伝えているんです」

「わたしに間違った事実を伝える人間なんていないわ」

「あなたが危険を冒したくないというのは当然のことです。でも、もしおれについておかしな噂が——」

「おやすみなさい、パット。今日話したことはふたりだけの秘密よ。それについては心配いらないわ」

「おれが何を心配するというんです?」

「おやすみなさい《グッドナイト》」

リタ・ケネディは微笑んでいたが、声には怒りが混じっていた。というより嫌悪が。ほとんど〝まったくもう《グッド・ゴッド》!〟に近い言い方だった。

おれはエレベーターで地上に戻り、車に飛び乗り、ドアを勢いよく閉めた。もう時刻は遅く、雨が夜をさらに暗くしていた。彼がいるのにおれが気づいたのは、彼が口をきいたときだった——マッチの炎がひらめき、帽子の垂れさがったつばの下の顔まで持ちあげられたときだった。

19

おれは相手の正体に気づいたので、かろうじて殴るのをやめることができた。というより、殴ろうとしかけた動作を途中でとめることができた。

「こういうのは」おれは座席に尻を戻して言った。「殺されるのに良い方法だぞ、ミスター・エグルストン」

「殺される方法に良いも悪いもないよ、ミスター・コスグローヴ。でも言いたいことはわかる。自分がそんなに見えない人間だとは知らなかったものでね」

「どうやっておれを見つけた？」

「見つけた？　あんたは見つかるまいとしていたのか？」

「言っている意味はわかるだろう」

「わかるよ。これはおれの職業上の技能を精一杯使わなきゃならない仕事じゃなかった。あんたを仮釈放させた人間には強力な政治的コネがあるはずだ。そのコネはあんたに仕事を与えるためにも使われただろう。ということで何時間か観察をして、ささやかな聞き込みをいくつかしたら——ここに来たってわけだ」

「議事堂からつけてきたんだな」

「まあね。たとえばドクター・ルーサーの家を訪ねるよりも有望だと思ったんだ」

おれはイグニッションキーをまわし、スターターボタンを踏んだ。エグルストンの煙草が弧を描いて床に落ちた。それが靴で踏み消される音が聞こえ、それから別の音も耳に入った。

「これからどこかへ行くのか、ミスター・コスグローヴ?」

「どこか話ができるところへ行こうと思ってね」とおれは言った。

「ここで話せるじゃないか。でもまあ、そのほうがよければ車を出してくれ。おれがあんたを撃たなくちゃいけなくなるようなことはしないでもらいたいがね」

「馬鹿な」おれは笑い、エンジンを切った。「なぜおれがそんなことを?」

「なぜならおれを危険な人間だと思うかもしれないからさ。実際のところおれはあんたを守る盾なんだがね。おれは沈黙より値打ちのあるものをあんたに売ることができる。沈黙は金《きん》というが、どんな観点からもそれ以上の価値があるものをね」

「話を聞こうじゃないか」

「その前に一つ二つ質問させてもらいたい。あんた自身のために、正確に答えてくれ。

質問その一、ドクターー・ルーサーが仮釈放の面倒を見ることになったきっかけはなんなんだ？　ドクターが刑務所を訪問したときに話をしたのか、それとも――？」

「おれが手紙を書いたんだ。全部で百人ほどに。返事をくれたのは彼だけだった」

「なるほど。これはいい。もともと知り合いでもなんでもなかったんだね？」

「そう。もう前に言ったと思うけど」

「質問その二。手紙を出してからドクター・ルーサーがきみのために動くまで、どれくらいかかったかな」

「正確にはわからない。いま言ったとおり、たくさん手紙を書いたから、一つ一つのことは覚えていないんだ。だいたい三ヵ月くらいだろうと思うけど」

「おれもそれくらいだと思うよ、ミスター・コスグローヴ。誓ってもいいくらいだね。さて――」

「ちょっと待った。なぜそれがわかるんだ？」

「ドクター・ルーサーの別の行動――一連の行動と言ったほうがいいかな――それと辻褄が合うんだよ。きみの仮釈放を実現させる動機になるような一連の行動とね。さて、質問その三。ドクター・ルーサーとのあいだで大喧嘩になるかもしれないときみに思わせるようなことが何か起きなかったかな？」

「起きた」

「ミセス・ルーサーの件かな？」

「そう」

「おれはミセス・ルーサーをこの目で見る喜びをまだ味わったことがないと思うんだが、彼女はとびきりの美人だろうか？——命にかかわる争いの原因になるような」

「おれにとってはそうじゃない。でもあの女《ひと》に狂う男は多いだろうね。あの手の女はあんたも見たことがあると思うよ。背が高くて、ブロンドで、美人で、尻が軽い」

探偵は唸った。驚いたようだった。だが、またしゃべりだしたときにはいつもの平板な口調だった。

「まあこれでだいたい終わりだ、ミスター・コスグローヴ。あとは実際には質問じゃない質問がひとつだけある。きみはドクター・ルーサーのロビイストとしてのキャリアが終わりに近づいていることについて考えたことがあるかな。彼はきみからの手紙を受けとったころにそれが終わりはじめていることに気づいたはずなんだが」

「それについてはうんと考えたよ」とおれは答えた。

「それで?」

「まあたしかに興味はある。興味以上のものがある。何か教えてもらえることがあるのかな?」

「とりあえずいまはないよ、ミスター・コスグローヴ。おれの話すことが正当に評価されるという具体的な確信が得られるまではね」

「いくらだ?」

「五百」

「そんな金はない」

「それは技術的な問題だ。あんたにはそれが稼げる。サンドストーンみたいなところであんたくらい長くお務めをした人間なら金の手に入れ方は知っているはずさ」

「まさかおれが――」

「あんたはその五百を手に入れるためならなんでもするだろうと思っているよ」

「五百を払ったら何を教えてくれるんだ?」

「あんたが抱えている謎の答えだ。パトリック・コスグローヴが生きて自由の身でいるための方法だ。あんたがおれの知っていることを知り――ある種の人たちにもその事実を知らせたら――あんたの抱えている問題は灼熱地獄に降る雪みたいに一瞬で消えるよ」

「困ったな。どうすればそんな金が手に入るのかわからない。それは……いつごろ払えばいいんだ?」

「遅くとも明日の夜までに。そう、六時までとしようか」

「あまり時間がないね」

「あんたにはそもそもあまり時間がないんだ、ミスター・コスグローヴ。状況を見ていると、あんたの時間は見る見るなくなりつつあるよ。おれの知ってることを明日の夜までに知らないと、その情報はあんたにはたいした値打ちを持たなくなると思う――おれにとってもね」

「でも六時はちょっと。そんな早い時間だと何か都合が悪くなるかもしれない。夕食がすんでから、八時ごろというのはどうかな?」

「それだともう暗くなってる。うちの建物のほかの入居者はみんなオフィスを出たあとだ」

「それがどうした?」

「まあそうなんだが。何が気になるかというと、あんたが面倒を起こさないかってことだ。それを予想してるんだよ、ミスター・コスグローヴ。だから、おれがもしあんたなら、金以外のものは持ってこないね」

「ふん」おれは笑った。「何か持ってきて何になるというんだ?」

「じゃ八時に」

「行くよ」

おれは八時前に行く。あんたが夕食から帰ってきたときにはもうそこにいるよ。

20

ポーチからおりていくと、ドクの車がバックで出てきた。おれは車が通り過ぎるのを待った。ドクは車をとめて、笑顔でおれに声をかけてきた。

「仕事はどうだ、パット？　まだ馘になっていないだろうね？」

「なっていませんよ」おれは適度に驚いてみせた。「なるはずなんですか？」

「まあ、それはないかな。まだ少し早いかもしれない。バークマンのことは何も言っていなかったかね？」

「なんにも」おれは首を振った。「何かあったんですか？」

「うーん——」ドクはためらった。「きみが心配するようなことは何もないよ。きみに新しいスポンサーを見つけなくちゃいけないが、それは難しくないはずだ。きみのためなら喜んでひと肌脱ぐというやつはいくらでもいるからね」

「そうですか。それは嬉しいです」

「しかしきみにはもう少し大勢の人を引き合わせたほうがよさそうだね。明日の夜、付き合ってもらえるかな。八時ごろ。ちょっと集まりをするんだ」

おれは行けますと答えた。

そしてドクが車に乗りこんで走り去るのを、安堵のため息をつきながら見送った。今夜の八時と言われたら、エグルストンと会えないところだった。エグルストンと会えなければ、おれは――

だが、結果的には会えないほうがよかったのだ。

おれは車で議事堂まで行き、建物のまわりをまわってから、ダウンタウンのほうへ戻った。何度か来た道を引き返して、尾行がついていないのを確かめ、およそ一時間後にビジネス街に着いた。車を駐車場に入れ、映画に行った。

映画館を横丁の出入り口から出て、昼食をとり、二時間ほど図書館で過ごした。そのあとで少し買い物をした。

小型ながら鎖が簡単に切れるワイヤーカッター、粘着テープ、軍手、それに懐中電灯を買った。全部ちがう店で。公衆便所に入り、品物を袋から出し、ポケットにおさめた。また通りに出ると、ゆっくり、ぶらぶら歩き、公営市場のある地区に向かった。

時刻は午後五時過ぎ。

エグルストンのオフィスが入っている建物のはす向かいに労働者向けの酒場があった。

おしゃれとは言いがたい煤けた小汚い店だが、安ビールと魚のフライの匂いが宣伝効果をあげていた。ここで金を出してものを食べるというのは、普通ならおれはしないし、エグルストンもきっとしないだろう。

入り口に近いところでカウンター席につき、飲み物を注文した。ハエの糞で汚れた窓ガラスに目をやった。

窓からの眺めは期待どおりではなかった。エグルストンのオフィスの窓は見えるが、建物の入り口は見えなかった。建物の入り口は横丁の裏路地に近いところにあった。

おれは飲み物をちびちび飲み、エグルストンのオフィスの窓を眺めながら待った。エグルストンがおれの計画を見通しているとは思えなかった。もし見通しているならそう言っただろう。おれにその計画を進めさせてもいいことは何もないからだ。もちろんエグルストンは夕食をとりに外へ出ないかもしれない。その場合は別の何かを考えなければならなかった。

六時になるとエグルストンの建物に明かりがともりはじめた。なかにはともったままのものもあったが、ほとんどは数分後に消えた。エグルストンのオフィスのシェードは閉じられていた。おれは目をこらして、なかで明かりがついているのかどうか見極めようとした。

六時三十分ごろ、外が暗くなりはじめるなか、シェードの周囲にきれぎれの光が見えた。見えたとほぼ同時に消えた。それでそのオフィスがある階は真っ暗になった。おれが期待していた以上の状況だった。

さらに十五分待ったあと酒場を出た。

建物にはエレベーターが二基あったが、夜のこの時間にはひとつしか稼働していなかった。おれはテナント案内板を眺めはじめた。

「何かお困りですか、ミスター?」

おれはそちらを見ずに首を振った。

エレベーターの箱のなかで、声の主である男が何かつぶやき、またスツールに腰かけた。それから上の階からの呼び出し音がして、男は立ちあがり、コントロールレバーを操作しはじめた。

「上へ行きますよ、ミスター!」

おれは何も言わず、そちらに顔も向けなかった。エレベーター係が音高く扉を閉め、箱はあがっていった。おれは階段室のドアをあけ、階段を駆けのぼった。

三階にあがるとエレベーターがおりてくる音が聞こえてきた。おれは扉の前に明かりがひらめき、消えるのを待った。それから廊下を走り、角を曲がり、両手に手袋をはめた。エグルストンのオフィスの待合室のドアの上には、小石模様のガラスがはまった、ドアの幅より長い欄間窓がある。その両端には短い鎖がついていて、窓が少しひらくようになっている。

おれは鎖をワイヤーカッターで切り、欄間窓を内側にそっと傾けておろした。それからドアの上へ飛び乗って、欄間窓からなかに入った。内側にぶらさがり、椅子にぶつからないよう足を振って、床に着地した。欄間窓の真下に椅子を寄せ、それに乗り、粘着テープを出す。欄間窓をもとの位置に戻し、切れた鎖をテープでつないだ。

おれは椅子にすわってひと休みした。

腕時計を見ると、時刻は七時。エグルストンが外に出てから約三十分だ。約束の時間は八時だから、まだ三十分くらいは帰ってこないだろう。ということで時間はたっぷりある……さて何をしよう?

おれは煙草を一服しようとしたが、思い直して、煙草の箱とマッチをポケットに戻した。エグルストンが煙に気づくかもしれない。ほかの誰かがマッチの火明かりを見るかもしれない。

懐中電灯の細く絞られた光でまた腕時計を照らした。あと三十分あまり。待つ以外にやれることはあまりない。何を探せばいいのかわからない。それにどのみち探偵はおれに教えられる情報とやらを紙に書いたりはせず、頭のなかに持っているだけだろう。

おれはエグルストンにしゃべらせるのはどれくらい難しいだろうと考えた。

ワイヤーカッターを手にとり、立ちあがった。ドアのどれくらい近くに立てば姿が映らないだろう? どちら側に立つのがいいだろう? いま立っている左側か、反対側か? 反対側なら、ドアがひらいたとき、おれはその裏に隠れる格好になる。

たぶんいまいる場所がいいだろう。エグルストンは何かを予感して、武器を持っているかもしれない。その場合、ドアの裏からすばやく飛び出せないのは困る。

おれは椅子にすわって待った。そのうち自分の頭が右手にある探偵のオフィスのほうをつい向いてしまうのを自覚した。ドアは閉まっていて、なかは暗く、もちろんエグルストンはそこにはいない。暗がりのなかですわっているはずがない。おれが侵入することを予想してはいない以上、そこにいる理由があるだろうか?

おれはそのことを考えた。顔がつい何度もドアのほうを向いてしまった。とうとうおれは腰をあげて、ドアの前へ行き、ノブをまわしてみた。

施錠されていなかった。

ゆっくりとドアを押した。

おれはぱっと後ずさり、衝立に背をつけた。それから衝立を離れ、オフィスのなかに足を踏み入れ、懐中電灯をつけた。

光が机の向こうにのびた。探偵は机に両肘をつき、少し前にのめっていた。ふたつの手は無造作に重ねられていた。椅子は机に引きつけられ、探偵の体を押さえていた。

その夜にも、別の夜にも、話をしそうになかった。話をするということは彼のなかで永久に終わっていた。

21

エグルストンの頭を見る前から、何が起きたのかはわかった。椅子を机に引きつけて両肘をつけているのは、何かを、金を、数えるためだ。それが自然な姿勢だ。その金が議論も何もなくすんなり支払われたせいで、警戒心は薄れていた。そしてその金を払った人間、男または女が……

おれは懐中電灯を動かした。エグルストンの顔は見えなかった。顎が胸につき、帽子が低く引きおろされていた。だが、帽子をかぶっていても、頭は見えた。頭の一部は帽子の天辺からはみ出していた。本人は何が当たったのか知りもしなかっただろう。

おれは死んだエグルストンを気の毒には思わなかった。善い人間が理由もなく殺されるのは見たことがあるが、エグルストンの場合は悪いだけでなく、汚いやつですらあった。やつは両方の側から金をとろうとしたのだ。一方の側には黙っていてやるからと言い、もう一方の側——つまりおれには——教えてやると言って。おれはそのことを予想し損ねたが、殺人者はちゃんと見通していたわけだ。

おれは机の向こう側へまわりこみ、引き出しをあけた。なかにはパイプと、煙草の葉ひと缶と、半分空いた安ウィスキーの一パイント瓶だけが入っていた。

手紙を綴じた薄いファイルや、ページの端が折れた帳簿や、支払い済みと未払いを取り交ぜて何十通かある請求書のなかに意味のあるものがあるのかもしれないが、おれには何もわからない。たぶん意味のあるものなどないだろう。おれはできるだけエグルストンを動かさないようにしながらポケットを探った。紙マッチがいくつかと、身分証明書と六ドルが入った財布、煙草がひと箱半、それに全弾が装填された三二口径の拳銃が入っていた。

おれは全部もとの場所に戻して、机の上を見た。あるのは日めくりカレンダーだけだった。表に出ているのは明日の日付だ。

最初はなんとも思わなかった。室内のほかの場所を注意深く見てまわり、探そうとした――何を探そうとしているのかはわからなかったが。

もう一度カレンダーを見た。そして、そうか、と思った。明日の日付が出ているのは間違いではない。エグルストンが今日の日付を間違えるはずがない。

おれは紙を一枚めくり戻した。今日の日付が現われた。そこに次のようなメモ書きがあった。

ミセス・ルース　5：45
p・コス　　　8：00

おれはその紙をちぎりとり、細かく破いた。過ぎた日の紙をあと十数枚むしりとって、同じようにした。紙屑を流しに落とし、燃やして灰にして、水で流した。一枚だけなくなっていると何か意味があると思われるが、たくさんだとそんなことはない。

電話が鳴って、おれはびくりとした。反射的に電話機から離れた。それから電話機をとりあげ、机の上に叩きつけるように置き、受話器をとって耳にあてた。

おれは待った。相手も待っていた。やがて、ささやき声が届いてきた。「ミスター・エグルストン?」

男か女かわからなかった。ささやき声だとわからない。「そうだ」おれはささやき返した。

「あまり大きな声では話せません」

「こっちも同じだ」

エグルストンが話しているように聞こえればいいが。

「そちらへ行けなくてすみません、ミスター・エグルストン。自分で行けなくて。それで、うまくいきましたか?」

「いや、残念ながら。いまから来てもらわなくちゃいけない」

「それは無理です」

おれは何も言わなかった。

「どうして行かなければいけないんですか?」

「理由はわかってるはずだ」

「お金は受けとったでしょう? 満足したんでしょう?」

どうもうまくいきそうにない。相手に来させることはできないようだ。残る手はただひとつ。びっくりさせて、誰だかわかる声を出させることだ。

「ああ」おれは前より低い声を出した。「満足だね。机についたまま頭をかち割られて。死んじまってね」

これもうまくいかなかった。短い沈黙があった。それから回線の向こうで受話器が架台に叩きつけられた。

おれはエグルストンの死体を椅子の背にもたれさせ、徹底的に持ち物を調べた。そうしたほうがよかった。なぜなら死体をここに置いてはおけないからだ。死亡時刻は正確には出ない。三十分や一時間の誤差は出るだろう。真犯人は完璧なアリバイを用意しているだろうから、残る容疑者はおれだけになる。

もちろん、おれがロビーをうろついていたことをエレベーター係が覚えていない可能性もある。覚えていてもおれの特徴を説明できないかもしれない。だが、犯罪歴があって仮釈放中のおれとしては、そんな可能性に賭けるわけにはいかない。どうにかしてこの死体を建物から出す必要がある。隠す必要がある。川べりが一番いいだろう。

捜して見つかったのは何個かの鍵と硬貨、それと吸いかけの煙草の箱がもうひとつだけだった。それらを上着のポケットに戻し、少し離れて死体を観察した。出血はごくわずかで、髪と帽子に吸われていた。いまは全然血が出ていなかった。拭いておかなくてはいけない血の汚れはなく、ただ死体を運び出せばいい。

それだけだ。

待合室から外の廊下に出るドアを見てみると、鍵はかかっていなかった。欄間窓などによじ登らずドアをあけて入ってくればよかったのだ。欄間窓の切った鎖を見た。あれは見つかって不審がられるだろうが、死体がなければ別に意味はない。もちろん、いずれエグルストンの失踪から捜査が始まるが、そのころには、希望的観測をすれば、おれはドクター・ルーサーの謎を解いているだろう。エグルストンが何を知ったのか、そしてそこから誰がエグルストンを殺したのかが、わかるはずだ。

だがそれを探るのは、あとでもっと材料がそろったときのことだ。いまはエグルストンの死体を運び出さなくてはならない。

おれはドアをあけ、外を覗き、またドアを閉めた。エグルストンのオフィスに戻り、死体を両腕で抱えあげ、外側のドアまで行って、手でドアを引きあけた。廊下はまだ無人だった。ほかのオフィスはどれも静かで暗い。

待合室を出てドアを閉め、廊下を急ぎ足に歩いて曲がり角まで来た。角の向こうに頭を突き出した。そちらの廊下も無人だ。おれは小走りに進んだ。生きていたときより重く感じる死体を運びながらという条件のもとで可能なかぎりすばやく移動した。

エレベーター乗り場に来ると、休止中のほうの扉の前に死体を置いた。息をはずませながら呼び出しボタンを押した。おれの車は二ブロック先に駐めてある。合計して少なくとも五分は必要だ。車まで行くのに二分。車を駐車場から出すのに一分。ここまで戻るのに二分。

これで五分だ。

エレベーターがシャフトの底に着く音が聞こえた。ケーブルが唸りだす。おれは壁にぴたりとからだを張りつけて待った。

箱がいったん行き過ぎてまた戻ってくるあいだ、光が廊下を踊った。扉ががらがら、がしゃんとひらいた。

「下へ参ります」不機嫌な声が言った。

おれは息をとめ、拳を握りしめて、革に包まれた硬いボールのようにした。

「下へ」――頭を突き出した――「**おがっ！**」

おれの拳がハンマーのように相手の顎を下から突きあげた。男はいったん頭をうしろへ引いてから、前に倒れてきた。おれは男を抱きとめ、箱の床に横たえて、心臓に手をあてた。動悸は速いが乱れはない。歯で唇が切れた以外は怪我をしていなかった。

扉はひとりでに閉まっていた。それをもう一度あけ、片足でとめておき、両腕をのばしてエグルストンを箱のなかへ引きずりこんだ。エレベーターの操作法は単純で、おれは箱を階と階の途中でとめることができた。

スツールにすわって両目から汗を拭いとった。だが、エレベーターの扉が自動で閉まることを思い出すと、ぱっと腰をあげた。

車をまわしてくるあいだ、扉に何かをはさんであけておくわけにはいかない。死んだ男と気絶している男が寝ているからだ。夜はこの建物に人は少ないだろうが、いないわけではないようだ。無人になるならエレベーターに操作係が詰めているはずがない。

操作係のポケットを探ると、目当てのものが見つかった。それが使われるのを見たことは何度かあった。それは短くて平たい金属の棒。エレベーターの〝鍵〟だ。扉のふたつの小さな重なり合う穴に挿しこめば、外側からひらくことができる。

おれは〝鍵〟をポケットに入れ、照明を消し、ゆっくりと箱を一階までおろした。扉の小さなガラス窓から覗くと、ロビーには誰もいない。箱を出ると、扉が閉まった。おれは急ぎ足に歩きだした。

車で戻ってくると、用心しながら左折をして、建物の玄関前で停止させた。街灯はともっていなかった。明かりはロビーから洩れる薄暗い光だけだ。

おれはエンジンがかろうじてまわりつづける程度にスロットルを調節した。それから左のドアを半ドアにし、右側から車をおりて、ドアをひらいたままにした。

玄関のほうへ歩いていく――が、途中で足をとめた。一瞬、心臓がとまった。誰かいる。エレベーターの扉をどんどん叩いている。叩きながら、怒鳴りだす。

おれは無理やり足を踏み出した。ゆっくりと玄関の前を横切りながら、ロビーに目をやった。男の姿はよく見えず、向こうはおれのほうをまったく見なかった。腹を立ててエレベーターの扉を叩き、蹴ることで忙しそうだった。

おれは路地の入り口で立ちどまり、もとの方向へ引き返した。時間がない！　五分はとっくに過ぎていた。かりに扉が叩かれなくても、操作係はいつ目を醒ましてもおかしくない。このまま騒音が続いて、おれがエレベーターの箱に入れなかったら――

騒音は雷鳴の域に達した。そして、とまった。足音がロビーを横切り、別の音がした。階段室のドアが叩きつけるように閉められる音だった。男は諦めて階段をのぼることにしたのだ。

おれは玄関に向かって走った。通りの左右を見たが、人影はなかった。建物が横丁に面しているのはありがたかった。ロビーを駆け抜け、ポケットからエレベーターの鍵を出して、扉の重なり合った穴に突っこんだ。

箱のなかから長くつづくブザーのやかましい音が響いてきた。呼び出し音だ。誰かが下におりたがっている。音からして複数の階にいるようだ。なかにはもう階段でおりはじめている者もいるだろう。いま階段をおりてくるところではないか。もうぐずぐずしていられない。人がどんどん来るだろう。箱のなかで死体といっしょのところを見つかったら――

ブザーの音が大きくなってきた。上のほうの、どこかの階で、扉が激しく叩かれている。別の扉も叩かれはじめた。それからいくつかの声が何かを言い合った。虚ろにこだまする足音がおりてくる。

扉がようやく、少しだけひらいた。おれは鍵を下に落とし、両手をすきまにこじ入れて、全力を振りしぼって左右に引いた。

扉はきしり、うめく音を立てた――それから、一気にひらいた。操作係のぐったりしたからだがこちらに傾いてきた。半ば意識が戻っているようだった。扉に寄りかかり、体重をかけて押さえていたのだ。

操作係が倒れこんできた。膝がへなへなで、頭を垂れている。おれは大振りの右パンチをくらわした。操作係はうしろに飛んで箱のなかに戻り、奥の壁にぶちあたって、顔から床に落ちた。

強く殴りすぎた。そんな強打をくらわすつもりはなかった。だが、いまはそんなことを考えている暇はない。操作係を見ている暇はないのだ。

おれはエグルストンの死体を抱えあげた。片手で扉を大きくひらき、外によろめき出た。もう一分も余裕はない。数十秒で死体を車に運び、逃げなければならない。階段の足音がどんどん下におりてくる。もう二階を過ぎたようだ。いまにもロビーのドアがひらいて——

おれは玄関めざして走った。あと数メートル。ロビーを出て、歩道を横切り、車に乗るまで。あと数メートル——だが、無理だった。引き返すのも、進むのも、不可能だった。玄関から人が入ってきたのだ。

青い制服の警察官が。

22

警察官は玄関を入ってくるとき、通りの何かを見ていて、顔はまだそちらを向いていた。おれは衝撃と恐怖に麻痺したようになって、その場でじっと立っていた。それから警察官の顔がこちらに向きはじめたとき、おれは行動に出た。いまここでできるただひとつのことをした。

警察官のほうへ走って、死体を投げつけたのだ。

死体は警察官の胸の高い位置にあたり、彼の視覚を乱した——のであればいいとおれは思った——警察官はうしろに倒れた。警察官は何か叫びながらやみくもに死体と取っ組み合いをした。おれはその片側をまわりこみ、表に飛び出して車に向かった。

アクセルペダルを踏みながら、ドアを閉めた。ドアは音高く閉まり、エンジンは口ごもりながらもやがて大声で吠え、車は前に飛び出した。

玄関の前を走り過ぎるとき、歩道をやってくるふたりでひと塊の人影と、ロビーからそちらのほうへ走っていくひとつの人影が見えた。おれはそのブロックを抜け、次のブロックの中ほどを走り、その先の交差点に向かった。このとき速度計は時速百十キロを指していた。

おれはなんとか自分を制御した。ブレーキペダルを踏むと、車は危うい横滑りをした。ブレーキを一瞬ゆるめ、それからまたかけた。法定速度のぎりぎりで、交差点を疾駆した。

幸いこの辺に信号機はなく、交通量はほぼなきに等しかった。少なくともそれはこのときには幸運なことだった。もちろん長い目で見れば、車や人の多い場所のほうが安全だ。おれは徐々に速度をゆるめながら車を走らせた。息遣いが重苦しくなり、不安の汗が目に流れ落ちた。

次の角を左に曲がり、ダウンタウン中心部を通る目抜き通りに入る。そのとき初めて、ずっとうしろのほうから、警察官のホイッスルの甲高い音が聞こえてきた。

車の流れに自然に従って、街の中心部をひた走った。とりあえず無事だが、これはいつまでつづくだろう？　助けが必要なときは誰にそれを求めればいい？　例の警察官がおれのライセンスナンバーを見ていたり、エレベーター操作係がおれの特徴を教えていたりしたら？

考えごとをしながら、行き当たりばったりに運転していると、ビジネス街の向こう側に出た。とあるアパートメントの前を通り過ぎたとき、ふいにハーデスティのことを思い出した。この辺に住んでいるはずだ。彼はおれから何かを手に入れたがっていた。何かを欲しがっている人間は取引の相手に打ってつけだ。

その住所を見つけた。公園に近いアパートメントホテルだった。車を建物の向かいに駐めた。ロビーのフロント係はこちらに背を向けて、電話の交換台を操作している。おれは操作係なしのエレベーターに乗り、ボタンを押して上に向かった。

ハーデスティはガウン姿でドアをあけた。おれを見ると笑みを浮かべかけた。だがすぐに目を見ひらき、微笑みを消して、驚きをあらわにした顰め面にした。おれの肩をむずとつかみ、室内に引き入れた。

「なぜここへ来た?」ドアをばたんと閉めて噛みつくように言った。「どうかしてるんじゃないか?――」途中でやめ、怒りをこめて毒づくと、大型のラジオのところへ行ってスイッチを入れた。

ラジオが耳障りな音を立て、ハーデスティはまた毒づいて、音量をさげた。「これを聞け」吐き捨てるように言う。

おれは聞いた。

「……数分前、ハッドン・ビルディングでエレベーター操作係を殴って意識を失わせた男に関して、さらに情報をお伝えします。男は建物のテナントのひとりを殺害し、死体を警察官に投げつけて逃走しています。

男は身長およそ百九十センチ、髪の色は赤。肌は浅黒く、服は高級なものを着用。現在、州外ナンバーの最新型クーペを運転中と思われます。エレベーター操作係によれば、今夜もう少し早い時刻に建物をうろついていた男と同一人物だろうとのことです。犯行の動機についてはまだ明らかに……」

おれはラジオを切った。

ハーデスティはおれを見て、微笑んだ。穏やかな、言い訳するような笑みだった。

「すまんな、パット」とハーデスティは言った。「きみがノックしたとき、それを聞いていたんだ。わたしは思ったよ――あの赤毛の青年が……」

そこで言いさし、また眉をひそめた。

「そうか。やっぱりきみなんだね」

「警察が捜しているのはおれです」おれはうなずいた。「でも誰も殺してはいない。おれは死体を見つけたんです。それで殺人の罪を着せられるのが怖かったから、建物から出ようとしたんです」

おれは手短にいきさつを話した。ハーデスティは関心を持つふりをしてぼんやり聞いていたが、それでも顔の表情は明るくなった。

「ふむ」ハーデスティは肩をすくめた。「いずれにしても警察はきみを犯人と誤認したらしいね。車のナンバーすら一致していないんだ。合っているのは髪の色だけだが、この都市の赤毛の男全員を逮捕するわけにもいくまい」

「犯罪歴のある人間全員を逮捕することはできますよ」とおれは言った。「エレベーター操作係がもう一度おれを見たら、こいつで間違いないと言いますしね」

「それはどうかな」ハーデスティは首を振った。「それに殺人者に犯罪歴があるとどうして警察にわかる？　ああ、だから何日かあのあたりに近づかないで、鳴りを潜めているといいよ。そしたら大丈夫だ。あと三、四日もたてば、きみが運悪くエレベーター操作係と出くわしても、向こうにはきみがわからないだろう」

「そうだといいんですが」

「きっとそうなるよ、パット。わたしはこういうことをよく知っている。もちろん死体を見つけたあとすぐ警察に届けたほうがよかったがね。いまとなっては仕方がないさ。まあすわって一杯やりたまえ。きみには酒が必要なはずだ」

「さてと」ハーデスティはふたつのグラスに強い酒を注いだあとで言った。「ほかにわたしに話しておくべきことはないかね、パット?」

「たとえば?」おれは酒を一気に飲み干して、お代わりを注いだ。

「たとえば、どうしてその探偵のオフィスにいたのかとか」

「会う約束をしていたんです」

「そうだろうとは思ったが」

「あの探偵は今度のことがどういうことなのかを全部話してくれるはずでした。なぜおれがサンドストーンから仮釈放されたのかを」

「なるほど」ハーデスティは両腕を膝にのせ、少し前かがみになって、両手でグラスを持っていた。口もとにはかすかな笑みがあった。「その男はきみに何かを教えてくれるはずだった。ところが殺された。きみはそこからどういう結論を引き出すかね?」

「好奇心を起こすべきじゃないと言いたいんですか?」

「まさにそう言いたいんだ、パット。わたしは——」

「あなたは間違っていると思いますよ。おれはいままで以上に好奇心を持つべきだと思っています。殺人があったということは、命が軽く扱われるゲームでおれが目隠し状態でプレーしていることの証拠だ。今夜までは、おれはただ不安なだけだった。でもいまは何が起きているかを知らなくてはいけないとわかりますよ」

「ほう」ハーデスティはやわらかく言った。「どうやってそれをやる気かな、パット?」

「とっかかりはもうつかんでいます。ミセス・ルーサーが今夜おれより前にエグルストンと会う約束をしていました。エグルストンが知っていたのは彼女のことだったと考えて間違いないと思いますね」

「ふうむ」ハーデスティはウィスキーをひと口飲んだ。「つづけたまえ」

「でも彼女は約束を守れなかった。彼女は誰かに探偵と会うことを話した。そしてその誰かがオフィスへ行ってエグルストンを殺した。言いかえれば、探偵の用件は彼女にとって大事なことではなかった。つまり」——おれはためらった——「彼女よりもほかの人間にとって大事なことだった。たとえば、殺人者にとって」

「どうしてそう思うんだね?」

「彼女が自分で対処しなかったからです。それは彼女にとって人殺しをしなくてはいけないほどの問題ではなかった。でも探偵は殺されなくてはいけなかった。だから彼女は探偵に会いにいくことを許されなかったんです」

「なるほど。いい推論だ」

「それほどでもないです。もしいい推論ならあなたはそうは言わないでしょう。いまの推論は、今夜オフィスに電話をかけてきたのがミセス・ルーサーだというのが前提です。いまのおれは彼女ではなかったということに確信を持っています」

ハーデスティは笑い、おれの膝を平手で叩こうとするふりをした。おれは脚を引っこめた。

「しかし、こんな話をしていても仕方がないよ、パット」ハーデスティはまじめな顔になった。「さっきも言ったとおり、しかるべきときが来たらわたしがきみの代わりに事態をはっきりさせてやる。だからとりあえず全部忘れたらどうかな。近いうち、きみがそれほど取り乱してないときにじっくり話そうじゃないか」

「おれはいま知りたいんです。あなた方はおれに何を求めているんですか? あなたや、ドクや、そのほかあなた方と協力し合ってる人たちは」

「すまないが、パット、わたしには――」

「くそっ。どうせいつか話してくれなくてはいけないんですよ。あなた方がフェンスの自分たちの側におれを置いておきたいのなら、どういう計画なのか教えてくれないと、おれはそちらにいられないですよ。さあ、なんなんです?」

「きみはとても頭のいい青年だ、パット。抜け目がなさすぎて、ちょっとわたしは気に入らないくらいだ」

「ありがとうございます」

「きみにはまだ何週間か行動してもらいたくない。ひと月ぐらいは、かな。いまわたしが説明したら——いや、説明できない理由はわかるだろう。危険を犯すのは馬鹿げているじゃないか。とくにその必要のないときは」

「なるほど、おれに不意打ちでぶつけたいわけですね。考える暇を与えずに。おれはふたつある道のひとつに飛びつかなくてはいけなくなる。あなたの勧める道のほうがいいように思える、という状況で」

「で、その道とは?」

「あなたはおれにドクを殺させたがっていますね。なぜです?」

「おいおい、パット」——ハーデスティはぎこちなく笑った——「どこからそんな考えが湧いてきたんだ?」

「いいですよ。殺しますよ。おれはもう手に入れられるものをほとんど全部手に入れた。

今夜やります。そして逃げます」

「パット！」ハーデスティはおれの腕をつかんだ。「よすんだ。いまはだめだ。いや、つまり――その――」

おれは腕を振りほどき、にやりと相手に笑いかけた。「いまはだめだ。あとでやれ。そういうことですね？　やっぱりおれに殺させたいわけだ。話を全部聞きましょう」

「もう話すことなどないよ、パット。きみは出ていったほうがいい」

おれはうなずいて立ちあがった。そして腕をぐっとのばして手を突き出した。ハーデスティはぱっとうしろに身を引いてオットマンから転げ落ちた。おれはコーヒーテーブル越しに飛びかかり、ハーデスティの胸の上にまたがった。

ウィスキーのグラスをつかみ、コーヒーテーブルの縁に叩きつけた。グラスの上のほうが割れた。おれはグラスの下のほうをつかんだまま、長いぎざぎざの縁をハーデスティの顔の上にかざした。

ハーデスティは目を泳がせた。それから、小さな身悶えをとめた。

「よし」とおれは言った。「話してもらおうか」

「こ」――ハーデスティはあえいだ――「こんなことしても、なんにもならないぞ、パット」

「話せ」

「話しちゃだめよ」おれのうしろで声がした。何か固くて丸くて冷たいものが、うなじに押しつけられた。「撃つわよ、ハニー。その人から離れないと。ほんとに撃つわよ」

23

おれはグラスを落とし、両手をあげて立ちあがった。振り返ると、あの可愛い、くしゃっとした微笑《わら》いがそこにあった。茶色い目には陽気で上機嫌な色が踊っていた。

「どうしたの、ベイビー？　わたしに会って嬉しくないの？」

「ああ、なんてことだ！」

「ほんとに可哀想なベイビー。マデリンを信じて、なんでも言うとおりにする優しい子……ご褒美はペッティングだけなのに。まだ寝てないのに」

「ああ。寝ていない。少なくともそのことはありがたいと思っているよ」

「あらあら」彼女はまたくしゃっと微笑った。「酸っぱいブドウってやつ。そうよね、ビル？」

「うんと酸っぱいやつだな」とハーデスティ。

すでに床から立ちあがり、割れたグラスを暖炉に蹴りこんでいた。いま、彼女のわきへ来て、片腕をからだにまわした。

彼女はハーデスティに寄りかかった。さらさらの茶色い髪がハーデスティの首を撫でた。彼女はハーデスティの手をとり、自分の乳房に強く押しあてた。

「ほら」と彼女は言った。「銃を持ってて、ビル。指が疲れちゃった」

ハーデスティは拳銃を受けとり、ポケットに入れた。「これは必要ない。パットは道理に耳を傾ける気になっている。そうだろう、パット?」

「道理。道理」

「気の毒だとは思うよ、パット」とハーデスティは本気で言っているように聞こえる口調で言った。「ある種のことは強硬にやらなくちゃいけないが、これはその種のことなんだ。きみには初めから勝ち目はなかった。最初から負けていた」

「そうらしいな」おれは重い口調で言った。

「ドクはきみがマデリンと会っていることを知っている。きみはマデリンと出会うことになっていた。きみは何か変だと気づいて、頭を悩ませるはずだ。マデリンの役目はきみに何かの行動をとらせないことだった。きみがマデリンに打ち明けることで落ち着くというようにするわけだ」

「別にいい。わかったよ。最初からわかってたような気がする。ただ本当だと思いたくなかっただけで」

マデリンの笑みがすっと消えた。「あなたを傷つけたくはなかったのよ、パット。あなたが傷つくのは嫌だった。わたしはあなたに何かする前に必ずわたしに会ってと言って、あなたはそうすると約束した。その約束を守っていれば、こんなことは起きなかったのよ」

「もうそれ以上何も言わないほうがいい。そのまましゃべっていると、おれはきみを殺そうとするだろう。おれは自分が殺されないかぎり、それをやめないはずだ。それはあんたらも嫌だろう。いまはまだ。あんたらの計画が台無しになるからな」

ハーデスティは同情の色を浮かべながら首を振った。「気の毒だと思っているよ、パット。信じてほしい。悪く思わないでくれるかな?」

「彼女のことで?」おれは短く笑った。「わかったよ。じゃ、おれはもう行く」

「その前にもう一杯飲んでいかないかね?」

「よしておくよ」おれはドアのほうへ歩きだした。

マデリンの声がおれの足をとめた。

「待って、パット! ちょっと待って、大事な話があるの!……ビル、いま話したほうがいいんじゃないかしら。あの車のことが心配なのよ。ドクはこんなに早く買うはずじゃなかったのに」

「それは――パットの誕生祝いの車のことか?」ハーデスティは嫌悪感をあらわす身振りをした。「ああ、そうだな。そこはおかしいな。しかしドクのことは知っているだろう。いつも誰よりも早くやってしまうんだ。たとえ溝にはまるのであってもね」

「でも、これはまた話がちがう。ドクはこんなときに気前のいいプレゼントなんてしないわ。なんとなく感じるんだけど――」

「馬鹿な。アーンホルトの件は明日の夜に壊れる。ドクは終了まで少なくともあと一ヵ月かかるんだ。議会が議決をして、ドクが報酬を受けとるまでに。その彼にどうして――どうしてできる――」

ふたりの目が合った。ハーデスティがおれのほうへさっと頭を倒した。マデリンはゆっくりうなずいた。

「あなたの言うとおりね。そうでなかったら、わたしたちは恐ろしい地点にいることになる」

「もちろん、わたしの言うとおりさ」とハーデスティは言った。「パット、失礼な態度はとりたくないんだが……」

おれは押し殺した笑い声を聞きながらドアをあけて出ていった。

……その夜はウィスキーをうんと飲んだ。だが、飲むほどに意識は覚めていった。午前零時ごろ、酒が耳から流れ出しそうになるころ、おれはバスルームに入って吐いた。何時間も吐きつづけたような気がした。胃のなかのものが全部出てしまうと、また飲みはじめて、眠りこむまで飲みつづけた。

このきれいな家で、おれは酔っ払ったままベッドに入り、生まれてはじめて服を着たまま眠った。

24

熱いシャワーと冷たいシャワーを交互に長々と浴び、髭を深剃りすることで、びっくりするほど気分がしゃきっとした。そのあとは小さなグラスで強い酒を一杯飲み、ドアの下から朝刊をとった。

エグルストンの写真と一列の半分の記事が一面に出ていた。盗まれたものは何もないので、次のように推測されていた。

……長年にわたり離婚訴訟の法廷でおなじみの人物であったこの私立探偵は、誰か——もしかしたら顧客のひとり——が彼に知られると危ないと感じる秘密をつかんでしまったのかもしれない。

「わたしはほぼ間違いなく、その背の高い赤毛のよそ者と殺人犯は同一人物だと考えています」とループ・ヘイスティングズ警部補は言う。「おそらく彼はエグルストンを脅そうとしただけでしょう。行動からは、考えていたのはそれだと言えます。彼は階段をあがってオフィスへ行きました。エレベーターに乗ると操作係が営業時間後の訪問者に同行しようとするかもしれないと考えたのでしょう。しかし操作係に姿を見られること自体は気にしていません。殺害の意図があったなら避けていたでしょうが。

なんらかの理由で彼はエグルストンを殺さなければならないと考えた。あるいは激高してしまった。殺害後は死体を建物から外に出さなければと思った。死亡時刻があとで判明し、その時刻に自分が建物にいたことも明らかになると。ただひとつの解決策は死体を移動させて隠すことでした。

殺人犯がエグルストンをよく知っていたらしいことと、正体を知られるのを恐れたことから、この男は地元に住み、これからも住みつづけるつもりでいると思われます」ヘイスティングズはそう語ったあと、次のことをつけ加えた。地元に住む人間がなぜ州外ナンバーの車を運転していたのかは説明できないが……


しかし遠からず説明できるようになるだろう。警部補にいまの談話から感じとれる知性の半分ほどもあるならば。ここは州都だ。州政府の車は何百台とある。四角で囲ったSの字が両端についている白字のナンバープレートをつけた車は。昨夜の警察官はおれの車のナンバープレートをちらりと見ただけで、州外の車と判断した。でも近いうちに考えを変えるはずだ。ヘイスティングズ警部補の影響を受けて。

おれはズボンのポケットから財布を出してなかの金を数えた。九ドルしかなかったが、机の引き出しにはほかに百五十ドル入っていた。ドクは当面その金を使っておいてくれ、そのうち時間ができたらいっしょに銀行へ行こうと言っていた。

百五十九ドル。その気になればかなり遠くまで行ける。

おれはちらりと時計を見てから、前の夜に着た服を集めてクローゼットにしまった。エレベーター操作係はおれがダークスーツを着ていたと証言したが、実際は紺——靴は黒としたが黄褐色——帽子は灰色というのは正解だった。おれは茶色い帽子、ライトグレーのスーツ、茶色と白の靴を出した。

着替えをすませてから、また新聞を手にとった。一面の別の写真と記事が目をひいた。

〈ファランクス〉のリーダー、今夜語る

破壊活動防止の権威である〈ナショナル・ファランクス〉会長ファニング・アーンホルトが、全州を巡る講演旅行の皮切りに、今夜午後八時三十分、オーフィウム劇場でみなさんにお話をします。

演題は〃われらの学校――いま知られざる戦場に〃。アーンホルトは何冊もの教科書が破壊活動の道具になっているとして徹底的批判を加えます。今夜の講演は〈ファランクス〉地元支部の主催で行なわれます。

「反アメリカ主義の赤い毒はこの偉大なる州の教育の動脈に人知れず流れこみつつあります」高名な愛国主義運動の指導者は、昨夜この都市に着いたときにこう述べました。「これに対する解毒剤は、議会に適切かつ果断な行動をとるよう圧力をかける目覚めた市民の運動なのです……」


ドクの一味は最後にもう一度、財務省に攻撃をかけることができるわけだ。

おれは新聞をわきへ放り出し、立ってヘンリーが朝食のトレイをテーブルに置く手伝いをした。おれはトーストとオレンジジュースとコーヒー以外は全部さげてくれるように言った。ヘンリーは居心地悪そうに作業をし、すべてのことを二度繰り返した。

「何か気になることでもあるのかい、ヘンリー?」とおれは訊いた。

「えーと――」ヘンリーはためらった。「お金のことなんですが、ミスター・コスグローヴ。机の引き出しの」

おれはうなずいた。「それがどうしたんだ？」

「あのう……お気づきかどうかは知りませんが、もうないんです。ドクター・ルーサーが持っていかれました。ドクターがあなたに言い忘れるといけないので、あなたに言ったほうがいいと思いまして。ウィリーとわたしはよくこの部屋に出入りしますから」

「わかった」とおれは言った。「ドクターはお金を持っていくときに何か言ったかい？」

「いえ。昨日わたしが掃除しているときに入ってきて、持っていかれたんです」

「ありがとう。それを教えてくれてありがとう、ヘンリー。きみがそれを話したことは言わないからね」

ヘンリーは助かりますという顔で微笑み、部屋を出ていった。おれはテーブルについてトーストを齧った。

九ドル。百五十九ドルではなく、九ドル。

急に味けなくなったオレンジジュースをすすりながら、ドクがどう説明するかはわかるなと思った。そして周囲を見まわすまでもなく、ほかのこともわかった。この部屋にドクがいることを。

ヘンリーがドアをあけたままにしておいたのか、ドクがそうっとドアをあけたのか。ともかくドクはいた。壁に寄りかかって、縁の太い眼鏡のレンズ越しに、何か考えこむような顔でおれを見ていた。

おれはカップにコーヒーを注ぎ、ひと口飲んでから、首を半ばめぐらした。「おはようございます、ドク。コーヒーを飲みますか?」

「おはよう、パット」ドクは疲れた口調で言った。「コーヒーはけっこうだ」

ドクはベッドへ行って腰かけた。おれはまたドクに背を向け、朝食をとりつづけながら、新聞のがさがさいう音を聞いた。

「パット」

「はい」

「机のお金を持っていったよ。きみの銀行口座をひらこうと思ってね」

「わかりました」

「ただ今日は無理だ。たぶん明日行けるだろう」

「わかりました」おれはまた言った。ドクの言うことは予想済みだったので、それしか言うことがなかった。

新聞がまたがさがさ鳴った。また長い沈黙が流れた。おれはコーヒーを飲みながら待った。ドクがエグルストンの記事を読むのを待った。たぶん、もう一度読むのを、と言うべきだろうが。それからドクはおれをじっと見、おれの髪と服を見て、昨夜おれが遅くまで外出していたことを思い出すだろう。

ドクはことさら軽い口調で話しかけてきた。

「いい服を着ているな、パット。前に見たことがなかった気がするが」

「それはどうも。暖かくなってきたから軽いものを着ようと思って」

ドクが煙草に火をつける音が聞こえた。瞑想にでもふけるようにゆっくりと煙草を吸う音も。

「今日は自分の車を運転したらどうかな。ときどき乗らないとバッテリーがすぐにあがってしまうよ」

「そうしますかね」

「州の車はここのガレージに置いておくといい」

「ありがとうございます。そうします」

そのあとドクはおれがコーヒーを、飲みたくもないコーヒーを、飲んでしまうまでしゃべらなかった。「ところでパット——今夜の集まりのことだがね。きみの部屋を使いたいんだ。きみさえかまわなければ」

「あなたの言うことにはなんでも従いますよ、ドク」

「で、少し家具を動かさなくちゃいけない。あと何脚か椅子を持ってきたりね。夕食は外でとってきてもらえたら、お客さんたちが来る前に支度をすることができるんだ」

「おれも支度を手伝いますよ」

「いやいや。それはヘンリーとウィリーが全部やってくれる。きみは八時三十分に来てくれればいい。いや、その何分か前がいいかな。ラジオの番組を聞くんだが、それが始まったあとは人に入ってきてほしくないからね」

おれはうなずき、からだの向きを変えた。

ドクはベッドから立ちあがり、ドアのほうへぶらぶら歩いた。視線はおれを避けるような具合に動いた。

「世の中はきびしいものだな、パット」ドクは疲れた平板な調子で言った。

「前はそう思っていました」とおれは答えた。「あなたが現われるまではね」

「それはどういう意味だ?」ドクは鋭い視線を飛ばしてきた。

「あなたがいろいろしてくれたことを言っているんですよ。服、仕事、車、住む部屋、つまり――あなたの親切のことを。損得勘定抜きの親切を、おれが困っているというだけの理由でしてくれた。あなたのような人がいるかぎり、おれがこの世の中を悪いものだなんて思うはずがないじゃないですか」

ドクの顔にゆっくりと赤みがひろがった。突き出た歯の下から下唇が引き離された。

「それじゃ、今夜」ドクはふいに言って、ドアを音高く閉めた。

25

おれはリタ・ケネディのオフィスに電話をかけた。

名前を言うと、鋭く息をのむ音が聞こえた。

「また少し報告書が溜まっています」とおれは言った。「今日持っていってもいいですか？」

「いや――それはいい。持ってこなくても。車もあなたのところへ置いておいてちょうだい。明日か明後日、誰かにとりにいかせるから」

「あ、おれは馘ということですか？」

「気の毒だけど。給料小切手は昨日の終業時間締めで振り出されるわ。あなたみたいな人を雇っておくわけにはいかないのよ。それは……あなたの働きぶりとは関係ない話。わかると思うけど」

もちろんわかった。すでに警察から聞き込みがあって、リタはそれに本当のことを答えたのだ。「**背の高い赤毛の男性？　いいえ、そういう人はうちにはおりません**」

「小切手はいつ受けとれますか？」

「何日かかかるわね、悪いけど。わたしならあてにしないかな」

「おれは一文無しなんです、ミス・ケネディ」

「一文無し！　やれやれ！」それからリタの声から気遣う調子が消えて、初めて会ったときのようなピシピシと歯切れよい口調に変わった。「それはお気の毒だけど、パット。わたしはできるかぎりのことをしたわ。それ以上のやるべきじゃないことまでね」

「わかっています。感謝しています」

「そのことでお礼なんか言わないで。絶対に。ほんとは何もしてないから。うちで働いた人全員のことなんて覚えていろと言われても無理だしね」

「もちろんそうでしょう。さようなら、ミス・ケネディ」

「パット」

「はい？」

「なぜやったの？」

「やっていません。でも誰にもそれを納得させられないでしょうね」

「ドクと何か関係があるの？」

「ええ、何かね。何かはわからないけど」

信じられないという調子の短い笑いのあと、がちゃりと受話器が置かれる音がした。これでリタ・ケネディとの縁は切れた。彼女に関するかぎりおれはもう存在しない人間だった。

マートル・ブリスコーを頼るにはもう遅すぎた。殺人罪の疑いがかかったいまは彼女のところへは行けない。

おれはダウンタウンに車を走らせ、エグルストンのオフィスがある建物の前をゆっくりと通り過ぎた。もちろん見るようなものは何もなかった。とにかく何かしたい、長い今日一日の時間をいくらかでも潰したいだけの話だった。何しろ今日が自由の身でいられる最後の日かもしれない。できれば家にいたかったが、ドクからははっきりと夜までは家にいてもらいたくないと言われた。それでも家に帰れば最終的な決裂となる。ごく近いうちにそのときが来るのだが、わざわざそれに飛びつくことはない。ドクがおれを洗い流してしまうべしと判断したら、まず最初にバケツで水をかけてくるのはドクだろう。おれに関してどんな計画を立てていようと、それしかないと考えるはずだ。

角を曲がって、漫然と車を走らせた。映画など観たくない。図書館も行きたくない。酒も飲みたくない。でも何かしなくてはいけなかった。おれは駐車場に乗り入れ、係員がほかの車の応対をすませるのを待った。

係員が大きく微笑みながらいそいそとやってきた。その微笑みが、凍りついた。おれは都市のほかのどこよりここへ来てはいけなかったと気づいた。

「いらっしゃいませ」係員は普通の声を保とうとした。「どれくらい駐めておかれますか?」

「タイヤが直るまで」とおれは答えた。「やってもらえますよね、タイヤの修理」

「ああ——えーと——」係員はためらいながらおれをじっと見る。

「どうなんだ?」おれはいらついた声で言った。「一日中待っているわけにいかないんだけどな」

「えーと——」顔からいくらか疑いの色がとれ、代わりに腹立ちの赤みがさした。「修理はしますけどね、ミスター。車をおりてもらって、そのあいだに修理員が作業をするって手順になるんです」

「面倒だな。そんな時間はないよ。ここから一番近い修理工場はどこだ?」

「あのう——もしかして州の職員の方ですか、ミスター?」

「州の職員?」おれは鼻で笑った。「州の職員がこんなボロ車に乗るか? さあ、タイヤ修理ができるところ、知っているのか、知らないのか?」

係員はかぶりを振った。おれの質問にではなく、自分の頭のなかの疑問に対する答えだった。これはあの男じゃない、おれはヒーローになりそこねた、という意味だ。

おれは馬鹿めとつぶやいた。相手に聞こえるくらいの声で。

ちょうどそのとき別の車が二台入ってきた。係員はおれに何か言う余裕がなくなったし、おれは何も言う必要を感じなかった。係員は仏頂面で小走りに去り、おれは車を出した。そして十分以内に十キロ近く離れたところを走っていた。

閑静な住宅街の通りを選んで、時速二十五キロを保って走り、警察無線を聞くためにラジオをつけた。ラジオを聞きながら正午まで走ったが、警察はなんの連絡も流さなかった。おれを捜してはいないようだ。いまはまだ。

正午ごろ、ドライブイン食堂に立ち寄り、車のなかでハンバーガー一個と瓶ビールの昼食をとった。これで所持金が九ドルから八ドル五十セント足らずになった。おれはドクが持っていった百五十ドルのことをまた考えはじめた。

考えれば考えるほど、ドクがおれの逃亡を防ぐために金をとりあげたことに確信が強まった。おれのために銀行口座をひらく気など元からなく、いまもないのにちがいない。

それから何かが起きて、あるいは起きると予想して、おれに金を持たせておくのは危ないということになった。

それはエグルストンとは無関係だろう。おれがあの探偵とどんな風に関わり合いになるか、ドクには予測できなかったはずだからだ。いま目前に迫っているのはファニング・アーンホルトがからむ計画だ。だからドクはその件に関係して、なんらかの形でおれを利用するつもりなのにちがいない。おれは利用されるのだ。何週間か先にではなく、今夜。

おれはマデリンとハーデスティのことを考えて、にやりと笑った。これであのふたりの計画はおじゃんだ。ふたりはどかんと不意打ちを食らう。そしておれを巻きこむ代わりに、自分たちで汚れ仕事をするしかなくなる。

ふたりにはその成り行きが気に入らないだろう。全然気に入らないだろう。とくにハーデスティは、この都市で人から敬意を払われる安全な地位を占めている身なのに危険を冒さなければならないことを、いまいましがるだろう。ハーデスティとドクとマデリンのあいだで爆発が起きるのだ。おかげでおれはエグルストン殺害事件から身をもぎ離せるかもしれない。

おれは、ドクは今夜アーンホルトをめぐる企みにどう決着をつける気だろうかと首をひねった。おれにも推測できるあるやり方だと、あと二、三週間かかる。おれはほんの何度かたまたま見たドクの、普段の彼らしくない目つきのことを思い出した。たとえばおれがサンドストーンを出てきた最初の夜にそれを見た。おれはドクが計画をどう仕上げるのかについて確信を持っていた。そしてほかのやり方でなくそのやり方で行くなら、マデリンとハーデスティを相手に諍いを起こすはずだった。

マデリン……

彼女のことは考えまいとした。考えると自己嫌悪に陥った。なぜなら、おれは彼女のことを憎めなかったからだ。彼女がおれに何をしたか、これから何をするかもしれないか、それを考えたうえでも、憎めない。絶対に憎めないのがわかっている。

ゆっくりと午後の時間が過ぎていった。おれは三時まで車を乗りまわし、別のドライブイン食堂でビールを飲んだ。それからなおも住宅街から離れないようにして車を運転し、五時ごろに小さなバー・レストランに入った。

カウンターの端の席にすわり、ハムサンドとポテトサラダとコーヒーをとった。横丁の小さな店で、客はおれひとりだった。一日ずっと運転しつづけで足首が痛かった。残りの時間のいくらかはここで過ごすことにした。

食事のあとはブランデーを一杯注文し、ジュークボックスに五セント硬貨をいくつか食わせた。バーテンダー相手に飲み物を賭けてサイコロを振り、一度勝って二度負けた。七時にはすっかりリラックスしていた。いま置かれている状況のもとではこれ以上ありえないほどの落ち着きぶりだった。

それから警察官がひとり入ってきた。

大柄な動きの鈍い男で、顔は大きくて赤く、瞬きをしない小さな目をしていた。入り口からゆっくりと入ってきて、警棒をまるで指の延長だというように振り、カウンターの前で足をとめた。店のなかを見まわし、天井、壁、床、什器に視線を走らせた。店を買うかどうか検討するような目つきだった。それからのっそりとこちらへ来た。

バーテンダーはサイコロを振り、カップをおれによこした。おれは無感覚な指でカップをとりあげた。警察官は警棒を振って手のひらで受けとめてから、その警棒で肩越しにうしろを指した。

「表のクーペはあんたのか?」

「ええ」おれは答えて、両足をスツールの脚の横棒からそっとおろした。

「新車のとき買ったのか?」

「いえ」

「買ってから長いのか?」

「いや、そんなに」

警察官は無表情におれを見た。警棒がおろされ、また振られた。

「いくらした?」

「百七十五ドルです」

「どこで買った?」

「〈キャピタル・カー・セールズ〉で」

警察官は警棒を腋にはさみ、帽子の横から鉛筆をとり、ズボンの尻ポケットから手帳を出した。手だけでなく唇も動かしながら、何か書きこんだ。手帳を閉じ、ポケットに戻して、鉛筆を帽子の横のクリップにはめた。

「おれも安くて良いクーペを探してるんだ。〈キャピタル・カー・セールズ〉へ行ってみるかな」

それから向こう向きになり、警棒を振りながら、のそのそと店を出ていった。

おれは強い酒をあともう二杯飲んでから、店を出た。

八時十五分に、ドクター・ルーサーの家がある街路樹の並ぶ長い道路に入った。

家から三ブロック手前の歩道わきにコンバーティブルが一台駐めてあった。その車を迂回しようとしたとき、女がひとり、ヘッドライトの光のなかに踏み出してきて両手をあげた。

ライラだ。

「ああ、パット」彼女のわきで車をとめたおれに、ライラは言った。「来てくれて助かった。ガソリンが切れちゃったの」

「それは困りましたね。ハンドルを握ってください。おれが家まで押していきますから」

「それは大変だからいい」ライラはおれの車のドアをあけて乗りこんできた。「車はここへ残しておいて、あとでウィリーかヘンリーにとりにこさせるわ」

おれは彼女のためにドアを閉めたが、車は出さなかった。歩いても五分の距離なのだ。なぜおれを待っていたのだろう？　というのは、明らかにおれを待っていたからだ。

おれは首をめぐらしてライラを見た。ライラは暗がりのなかで明るく微笑んだ。「行きましょ、パット」

「ドクがここでおれを待てと言ったんでしょう。なぜです?」

「何を言ってるの、パット?」ライラは笑った。「ガソリンが切れたって言ってるじゃない」

「自分が何をやっているかわかっていますか? それとも訳もわからずただ言われたとおりにやっているだけですか?」

ライラはかぶりを振ったが、答えなかった。

「ライラ。あなたはまっとうだとおれは思っています。まっとうでありたいと思っているとね。でも何かものすごく悪いことに巻きこまれている。このままだとエグルストンの身に起きたことがあなたにも起きるかもしれませんよ」

「エグルストン?」ライラは怪訝そうな声を出した。「誰それ?」

「知っているでしょう。私立探偵です」

「エグルストンなんて人知らないわ――私立探偵なんてひとりも知らない」

「その手は食いませんよ。昨夜彼と会う約束をしていたでしょう……彼は殺されましたよ」

「殺された?」ライラはぼんやりした口調で訊き返す。「あたしがその人と会う約束をしてたって言うの? 冗談でしょ、パット!」

おれはライラの両腕をつかみ、揺さぶりはじめた。それから手を離し、ハンドルの下に戻した。

「ええ、冗談です。家まで送ります」

「ほんとにそのことは何も知らないのよ。正直な話」

「ええ」おれはうなずいた。「知らないんでしょう。エグルストンが会う約束をしていたのはミセス・ルーサーです。あなたはミセス・ルーサーではない」

ライラは息をのんで、さっとおれのほうを見た。

「そんなこと！　なぜ――なぜ――」ライラはちょっとヒステリックに笑った。「そんな話、聞いたことない！」

「わかった。それではあなたがミセス・ルーサーだということにしましょう。あなたはドクの奥さんだが、結婚などあなたにはなんの意味もない。あなたはドクの奥さんで、昨夜エグルストンを殺した。あるいは誰かに殺させた」

これは効いたようだった。いまのことばはふたつの方向から彼女に打撃を加えた。プライドを深く傷つけるとともに、さらに深く、恐怖心をかき立てた。

「そ――それは推測でしょ」ライラはとうとう言った。「あたしはあなたに何も言ってないわ！」

「ええ、あなたは言っていないですね。ドクが言ったんです。ドクはいろいろおれに話していたから、おれはわかっていてもよかったんです。始まりはどんな風だったんです、ライラ？　あなたはドクの患者だったんですか？」

「さ」——ライラはぶるっと震えた——「最初は違ったわ。何年か前に列車で出会ったの——十年くらい前だと思うけど——そのとき彼は初めてこの都市にやってきたのよ。その——そのころあたしは夜眠れなくて、気が変になりそうだった。でも彼と話をしたら、あとで気分がよくなったの。彼がこの都市でオフィスをひらいたとき、あたしは相談しにいくようになった。彼は……あたしの不安の原因を見つけてくれたわ」

「それはなんです?」おれは同情のこもった優しい声を保った。「誰かを殺したことがあるとか?」

「あたしの夫を。いや——でも、そのつもりはなかったの——なかったと思うの——だけどそんなことは問題じゃないみたいね。あたしは夫の看病に疲れてたんだと思う。それで薬をたくさん与えすぎた。みんなはあたしが殺したんだと言ったわ。その証明はできなかったけど、みんなはそれを言いつづけた。だからあたしはその都市を出なくちゃいけなかったの」

「あなたの周囲の人たちにできなかったことをドクが引き継いだわけだ」とおれは言った。「ドクはあなたが殺人を犯したということをあなたに納得させようとした。そして最後にはあなたにそれを認めさせた。そうでしょう?」

ライラは顔をこちらに向け、目を大きく見ひらいて、おれを見た。「あなたはまるで——まるであたしがやってないみたいな言い方を——」

「もちろん意図的にやったんじゃないんだ。ドクはあなたを利用するために、あなたに夫を殺したと信じこませた。彼があなたを自分の妻に仕立てたあと何が起きたか、おれの考えを言いますよ。彼は——」

「当て推量しなくていいわ、パット」ライラはそう言って、実際の経緯を話した。

ドクはライラを州都の有力者たちを狙う高級な美人局《つつもたせ》に利用したのだった。ただし金が目当てではない。金をとれば脅迫罪になる惧れがあるし、どのみちあぶく銭を稼いでいる連中はあまり現金資産を持っていない。そこでドクは〝妻〟と州の大物の世間に知れてはまずい現場を押さえると、政治的な甘い汁を吸える仲間に入れてくれと要求した。こうして〝コネ〟を手に入れたドクはさっさと美人局のゲームから足を洗うことができた。というのも、言うまでもなくこのゲームは永久につづけられるものではないからだ。事実、ライラ・ルーサーはあまりにも尻が軽すぎるし、ドクは利得があるときにしか嫉妬しないようだという噂が流れはじめた。被害者は脅迫の罪でドクを告訴できなかったが、真相を知れば彼を都市から追い出すことはありえた。政治の世界のとりわけ闇の濃い界隈ですら、ドクと関わり合いになる余裕はない、という状態に持っていくことはできた。

「だからドクはあたしをあんなに憎むんだと思うわ」とライラは言った。「あたしはもう何年も前から役に立たなくなっているけど、彼はあたしをそばに置いておかざるをえないの。彼のような地位にいる男にふさわしい妻の扱い方をしなくちゃいけないから。結局のところ、あたしは彼があたしから手に入れたものより多くのものを彼から手に入れたことになるのね」

「そのことについてあなたはどう感じていたんですか?」

「わからないわ、パット」ライラは力なく肩をすくめた。「もうわからないの。最初は文句を言ってもみたけど、そのうち諦めたような格好になったわ。あたしはあまり頭がよくないのよ。あなたにこんなことを言っても仕方ないけど。あたしが得意な仕事なんてないし、ドクには弱みを握られているし、まあ、諦めちゃったということなの。ほかにどうしようがあるのかわからないわ」

「ファニング・アーンホルトが関係するドクの計画がどんなものか知っていますか?」

「ファニング・アーンホルト?」ライラはぽかんとした顔をする。

「教科書がらみの件ですよ」

「あたしは何も知らないわ、パット。ほんとに知らないんだから」

おれはあといくつか質問を投げて、本当のことをぽろりと口にさせようとした。だが彼女はドクの計画を何も知らなかった。言われたことをそのまま丸のみして実行していただけだった。

「いいですか、ライラ。いまからおれの言うことを信じてください。あなたはとんでもなくまずい立場に立っている。おれと同じくらいまずい立場にです。ドクは今夜かぎりここにはいなくなる。あなたはお金もなく、たぶん住むところもなしに、ひとり取り残される。そしてキャピタル・シティ始まって以来のスキャンダルの渦中に放りこまれるんです」

ライラは仰天しておれを見た。それから信じられないという顔で笑いだした。「でも——どうして？　なぜ？　だって——」

「いまは説明できない。時間がかかりすぎるし、あなたには意味がわからないでしょう。でもちょっと考えなくてはならないことがあります。あなたはミセス・ルーサーではない。では、誰がミセス・ルーサーなんです？」

「誰が?」ライラはまた笑った。「それは——いないわよ、そんな人。ドクがあたしを——」

「いやいや。ドクに奥さんがいるというのは作り話じゃない。調べられるかもしれないというのは想定済みだろうから。ドクは自分が話しているとおりのいきさつで結婚している相手がいて、ドクがこの都市に落ち着いたあと、その妻もあとを追ってきたんだ。ドクはその妻を汚い仕事に関係させなかった——できるだけ遠ざけておいた——そして代わりにあなたを使った。いま選挙はドクたちに不利に展開している……さあ、これから何が起きると思いますか、ライラ?」

「そんなこと……」ライラは眉をひそめて懸命に考えたが、何も答えは出ないようだった。「わからない——あたしはどうしたらいいのか教えて、パット」

「あなたは今夜ここでおれを拾うはずだった?」

「ええ。まるで——いっしょに出かけてたみたいに見せかけることになってた」

いよいよ互いの持ち札をさらす大詰めになりそうだが、はっきり断定はできない。先手を打とうにも証拠が何もなかった。勝負に出るときは一度だけ、それでしくじれば二度目のチャンスはない。

「あたしはどうしたらいいのか教えて、パット」

おれはためらった。それから、ポケットから手帳と鉛筆を出した。「最初にするつもりだったことをするんです。ただし、これもすること。おれがうなずいたとき——うなずいたら——その場から席をはずして、この人に電話するんだ。そうしてこう言う——」

おれはまたためらった……ドクの家へ行けと言う？　いや、だめだ。あそこから出発するわけにはいかない。持っていかなくてはいけないものがある——服とか、洗面具とか——それをドクの家から持っていくことはできない。

「この住所へ行くように言うんだ。何人か応援を連れて。その場所を見張るように言って、そうして……」

おれは二回繰り返して指示をじっくり説明した。単純な指示だが、ライラの頭も単純だからだった。おれは手帳のページをちぎりとり、ライラがハンドバッグにそれをしまうのを見届けた。それからスターターボタンを踏んだ。

ドクの家まで戻り、車をガレージに入れて、ライラのためにドアをあけた。ライラはおれのあとについて車回しを歩いた。何歩かあけていたが、ポーチに着くとおれの横へ来て、腕を組んだ。

腕に強くしがみつき、長いやわらかな腰をおれの腰にすりつける。玄関ホールに入ると、ライラはふいにおれを自分のほうに向かせ、口にキスをした。

おれはにっこり笑い、ライラの腕をぽんぽんと叩いた。何も言わなかった。口紅を拭きもしなかった。

時刻はきっかり八時三十分だった。おれたちは腕を組んで廊下を進み、おれの部屋に入った。

部屋には十何人かの人がいた。もちろんドクがいて、ハーデスティもいた。それからバークマン、フランダーズ、クロナップ、教科書会社の人間がふたり。あとはおれの知らない連中だが、そのほとんどはこの家か州会議事堂でときどき見たことがあった。

ベッドは壁に押しつけられ、机、テーブル、読書用フロアスタンドも同様だった。ドクはラジオの前に置いたスツールに腰かけていた。ほかの面々は椅子を半円形に並べてラジオに向かってすわっている。

空気は葉巻と煙草の煙で青かった。ドク以外の全員がグラスを手にしていた。ライラとおれは二脚だけ残っている背のまっすぐな椅子に腰をおろした。一瞬、すべての目がおれたちのほうを向いた——部屋は完全に静まり返っていた。

すべての目がおれたちを見、ついでドクのほうを向いた。驚きにしかめたドクの顔を見た。突き出た歯がふいに、見た感じでは無意識のうちに、怒りでむき出された。

ドクはおれたちを見つめながら、ラジオのダイヤルをまわした。「よし、ここだ」ゆっくりとそう言った。

アナウンサーが興奮を装った早口で話す声が室内を満たした。

「みなさま、今夜はオーフィウム劇場で行なわれる〈ナショナル・ファランクス〉会長、ミスター・ファニング・アーンホルトによる講演、〃われらの学校——いま知られざる戦場に〃をお送りいたします。ご承知のとおり、ミスター・アーンホルトは明敏にして勇気ある市民の先頭に立ち、社会に対して破壊活動を行なおうとする勢力と戦ってきました。彼は——」

一同が注視するなか、ラジオは突然黙りこんでしまった。

「どうもわからない」ドクは首を振りながら、周囲からの無言の問いに答えた。「ちゃんと受信してたんだが。どういうことだか——」

「しばらくお待ちください」——またアナウンサーの声が聞こえた——「どうやら……

ミスター・アーンホルトはいましがたまでこの演壇にわたしといっしょにいたのですが、どうやら誰かに呼び戻されたようです。いったい何が——あ、いました！　何人かの人と話しています。何かとても——気分が悪そうです。これは……しばらくお待ちくださ い！」

教科書会社の男ふたりが不安そうに顔を見合わせた。誰かが、「どうしたんだ？」と言い、「シーッ」という声のコーラスにたしなめられた。おれはライラを見た。うなずいた。何が起こるのかまったく予想できないが、これが始まりだろうというのはわかった。ライラは立って静かに部屋を出た。ドクの目に奇妙な色が現われた、というか、現われたように思った。だがドクは無言だった。ほかの誰もライラがいなくなったことに気づいた様子はなかった。みんなはラジオから何が聞こえてくるのか——あるいは聞こえてこないのか——それに関心を集中させていた。

ラジオは完全に無音というわけではなかった。聴衆のくぐもった怒号と、マイクの近くにいるらしい数人の声が届いてきた。そのうちふたつの声が浮き出てきた。

「しかし、ミスター・アーンホールトが話すことになってる……」

「……講演はしない……講演料は払ってあるが……」

「……いいだろう。わたしが代わる」

マイクが雑音を立て、またアナウンサーの声が戻ってきた。

「たいへんお待たせいたしました。予想外の事情が生じまして、それについてはいまご説明いたしますが、ミスター・アーンホルトは今夜お話しできないこととなりました。いまから〈ナショナル・ファランクス〉の州支部長、ミスター・ラルフ・エドガーズに話していただきます……どうぞ、ミスター・エドガーズ」

「ありがとう」と別の声が言った。「えー――今夜はわたしがお話しするつもりで来たのではないので、大変申し訳なく思っております。しかし、わたしのほうからみなさんにこのことをお話ししておかなければなりません。わたしと、わたしが州の代表を務めている組織は、ひどいやり方で騙されたのです……」

エドガーズはそこで間を置いて咳払いをした。聴衆は完全に黙りこんでいた。おれたちのすわっている部屋も静まり返っていた。この種の事態を予想していたおれですら、身を乗り出して聞き耳を立てていた。

「ミスター・アーンホルトが今夜講演を始める予定だった時刻の何分か前に、何点もの文書――と申しますかその複写写真が――この演壇にいるわたしの手もとに届きました。

わたしが愕然とし狼狽しましたことには、そこにはミスター・アーンホルトが今夜ここへ来て、そのあと全州をまわろうとしていることの動機に関して、深刻な疑念を抱かせることが記されていたのであります。

手短に申しますれば、問題の文書は、ミスター・アーンホルトが数社の教科書を痛烈に批判するのはライバル会社数社の教科書を州に採用させるのが目的であることを証明するものであります。ミスター・アーンホルトから納得のいく弁明が得られませんでしたので、その証明は正しいということになります。

こうした状況のもとで、わたしども〈ファランクス〉の地元幹部は本講演を中止とし、みなさまに謝罪いたしたいと存じます。いくつかの理由から、ミスター・アーンホルトの詐欺に関与していた人物および会社の名前をいまこの場で挙げることはいたしません。わたしどもは自らの襟を正すことを早急にいたしたいと考えております。わたしどもが裁判所の仕事を代行するのは適切ではありません。しかしながら、問題の人物や会社の名前はしかるべき手続きによって近いうちに公になるはずであります。

わたしどものもとに届いた文書、複写写真は、明日の朝、州司法長官に提出する予定です。問題の文書の処理がうやむやにされることはないと、わたしの責任においてみなさまにお約束いたします……」

ドクはラジオを消した。

スツールの上でくるりとからだの向きを変えて、待った。

口を切ったのはハーデスティだった。最初はほかの面々と同じく、むかつきと当惑と恐怖をあらわにしていた。それから顔をひきしめ、無理やり笑い声を出した。

「やれやれ。これで試合終了だな」

「終わりだ」とバークマンがゆっくりとうなずいた。「こ、これで終わりだ――」太鼓腹を震わせ、両手を目にあてて泣きだした。

フランダーズが辛辣な笑い声をあげた。「だから言ったろう、ドク。あの馬鹿はきっとぶち壊しにすると。同じ金と労力をいつものルートに使ってりゃ……」

「お金はどうなります？」教科書会社の営業担当者のひとりが訊いた。「ハリーもわたしも二千五百ドルを出している。こんなことになって、会社にどう説明したらいいんです？」

「説明なんか求められやしないさ」ともうひとりが苦々しげに言った。「おれたちはおしまいだ。破滅だ。今後二十五年間、われわれの教科書はアメリカ南西部で一冊も売れなくなる」

　クロナップが人差し指を振りながらドクに吠えかかった。「金のことなぞ些細な問題だ。われわれは訴追されるだけじゃない、頼れる相手が誰もいないんだ。いまも、これからもだ。もうこの州の利権にからむことはできない。いろんな選挙で話のわかる候補に勝たせることもできない。ドク、あんたがしたのは、いまいましい改革派の連中をごっそり州政府に送りこむことだ。やつらは永久に居座るぞ。わしが思うに――」

「くそったれが」バークマンがすすり泣きながら言った。「くそったれが……」

「おい、黙れ！」フランダーズが怒鳴りつけた。「ドク、おれが言っただろう――」

「わしが話してるんだ！」クロナップが叫んだ。「わしが思うに、このインチキ精神科医は敵と取引した。わしらを売ったんだ！」

　クロナップはまた怒鳴り声で弾劾した。なぜならいまや全員がしゃべりだしていたからだ。みんなが同時に叫び、吠え、唸っていた。恐怖にかられ、敵意をむきだしにし、半ばヒステリックになった動物さながらだった。ドクとハーデスティだけが黙っていた。ハーデスティはとびきりハンサムな顔を当惑しつつも苦りきったしかめ面にしてドクを見つめる。ドクはすわったまま両手を組み合わせ、床を見おろしている。

ドクの口が動いていた。独り言をつぶやいているのかもしれなかった。そのようにも見えたが、そうではなかった。おれはようやくドクの表情が読めるようになってきた。彼は笑っているのだ。

ドクは口を動かすのをやめ、目をあげた。そして首を振りはじめると、部屋のなかがだんだん静かになった。

「馬鹿なことを言うな」ドクはクロナップに冷たく言った。「なぜわたしが裏切る？　わたしになんの得がある？　改革派との取引などどうやったらわたしにできるというんだ？　連中がわたしに何か与えることなどできない。したくてもできないよ」

「しかし――」

「しかしも糞もない。とにかくわれわれの計画のどの程度のことがエドガーズに洩れたのかはわからない。ちょっとした情報でもアーンホルトの信用が失われることはありうるだろう。エドガーズが持っているのはたぶんその程度のものだ。彼ははったりをかけているんだ。われわれがじっと鳴りをひそめていれば、嵐は吹き過ぎる」

不服の唸り声があがった。「あんただってそんなことを信じちゃいないだろう」とフランダーズが言った。「アーンホルトは知ってることをありったけ吐いちまうだろうよ。

エドガーズが文書の形で握っている証拠がどの程度のものだろうと、おれたちを叩き潰すのに充分なんだよ」

「われわれはもう終わりだ。わかってるだろう」バークマンが鼻をすすりながら怒りをぶちまける。「いまできることは、天井が落ちてくる前につかめるだけのものをつかむことしかない」

「きみの言うとおりかもしれない」ドクは肩をすくめた。

その落ち着きにバークマンは怒り狂った。何か言おうとしたが、喉が憤怒で詰まった。

バークマンはおれを指さし、その指を震わせながら振り立てた。

「あんたはそこにいる赤毛の男を使って何か企んでいるだろう。どういう企みかは知らないが、きっとうまい話だとわたしは思っている。その男を刑務所から出すのにずいぶん骨を折ったからな。その話にわたしも一枚嚙ませてくれ」

「おれたちみんなに一枚嚙ませてくれ」とフランダーズが修正した。

「誰にも一枚嚙ませるつもりはない」とドクは抑揚なく言った。「その試みは中止だ。コスグローヴは明日、サンドストーンに戻すつもりだ」

予想はしていたものの、いざ冷厳な事実として立ち現われると、衝撃を受けた。おれは煙草に火をつけたが、手が震えていた。

「ずいぶん唐突ですね、ドク」とおれは言った。「説明してくれませんか？」

「説明が欲しいというならしよう」ドクは歯切れのいい早口で言った。「わたしはきみのためにずいぶん骨を折った。これからもっといろいろしてやろうと思っていた。わたしがきみに求めたのはライラに構うなということだけだった。だがきみは聞く耳を持たなかった。わたしの目の前で不義を働いた。きみは最近ライラに金を渡して車を買わせた。仮釈放の条件を破ってライラと駆け落ちしようとした——ふたつの面でわたしの顔に泥を塗ろうとしたんだ。だからわたしは先手を打つことにしたというわけだ」

低いつぶやきが部屋中に起きた。クロナップが気まずそうに咳払いをして言った。

「それは気の毒だったな、ドク。議事堂でいろいろ噂は聞いていたが——」

「それは聞くでしょうね」とおれは言った。「ドクはあなたにそれを聞かせたかったんだ。噂はいくらか事実を含んでいた。ライラはたしかにおれに車を買った。おれに身を任せようとしてきた。それについての噂がひろがっているのは知っていたけど、どうしていいかわからなかった。おれは——」

「わたしはどうすればいいかわかっている」ドクはスツールから立ちあがった。「諸君、明日の朝また集まって、このアーンホルトの一件について何ができるか考えたらどうだろうか。正直言って、今夜はもう頭がしっかりと働かない」

一同は腰をあげ、服の皺をのばし、ドアのほうへ向かいだした。何人かがおれを見ていたが、ほとんどの人はわざと目をそらしていた。とりあえずいまはみんな、ドクの抱えている問題を優先させていた。

「ちょっと待ってください」とおれは言った。「あなたがこの人たちにまだ話してないことがひとつあるでしょう、ドク。ライラがあなたの奥さんではないということ」

ドアへの人の移動が突然とまった。彼らはおれを見、それからドクを見た。ドクがあんぐり口をあけた。ハーデスティの声がとどろいて沈黙を破った。

「それがどうしたのかね?」ハーデスティは冷静に言った。「もとの奥さんと離婚できないので、まだライラと結婚できずにいる。当面の問題とはなんの関係もない。世の中のほとんどの奥さんが及ばないほど、ライラはドクにとって大事な存在だ」

「そう」とドクは言った。「とても大事な存在だ」

「さあ、みんな行こう」ハーデスティはぶっきらぼうに言った。「わたしならコスグローヴに気をつけているな。彼はサンドストーンに帰りたがらないだろうから」

「気をつけていよう」とドクは言った。

男たちはドクのわきを通り過ぎて部屋から出ていった。急いで出ていきたいようだった。ライラについての新事実には価値がある。地位の高い人物たちがそれにとても興味を持つことがわかっているのだ。

いま出ていった連中は知らないが、おれは知っていた。この都市にとどまって難しい状況に立ち向かう気などドクにないことを。

最後にハーデスティだけが残った。ドクはハーデスティの腕をとり、ドアのほうへ導こうとした。だが、ハーデスティは踏みとどまった。

「パットと少し話をしたほうがいいと思う。彼に状況を教えるんだ」

「それはあとにしよう」ドクはおれを見ずに言った。「いまじゃなく」

「いや、本当に――」

「きみの考えなどどうでもいい。そのときが来たらわたしが説明する。いまはこの部屋を出たいだけだ」

ハーデスティはふいにあることに思いあたったようだった。

「アーンホルトの件はきみが壊したんだろう？　どういうつもりなんだ？」

「それもあとで説明する。さあ、行こう。講演会の聴衆があちこちに電話をかけだしたら、すぐに当局の人間が何人か来るだろう。ここでぐずぐずしているわけにはいかない」

「パットはどうする？」

「彼はどこへも行かない」ドクはそう言ってハーデスティを文字どおり部屋から引っ張り出し、音高くドアを閉めた。

おれはグラスに酒を注いでベッドに腰かけた。家の前から最後の車が走りだす音がかすかに届いてきた。そして数分後、今度ははっきりと、ドクのセダンの滑らかなエンジン音が車回しから出ていくのが聞こえた。

おれは酒を飲み干し、ベッドにあおむけに寝た。サンドストーンを出てから初めて、おれはとても心地よい寛ぎをおぼえた。ライラには、電話をしたらすぐ逃げるように言っておいた。いまはもう肩の力を抜く以外にすることはない。

おれは横になったまま考えた。ドクとハーデスティが仰天することになると思うと小さな笑みが湧いた。でもそのあとマデリンのことを考えると、笑みは消えた。彼女が何をしたにせよ、これから彼女の身に起こることは喜べなかった。

おれは思い迷った。良いほうに考えて、もしかしたらマデリンのことを誤解しているのかもしれないと考えた……何しろ彼女はマートル・ブリスコーに会って事情を打ち明けたらどうかとおれに提案したのだ。強く勧めはしなかったが、それは無理もないのではないか。おれはサンドストーンに戻らずにすむのならなんでもする気になっていたのだから。マデリンはマートルと協力し合っていたのかもしれない。そうなのかもしれない――ハーデスティといっしょに何かしていたとしても、そうではないという証拠にはならない。マデリンはハーデスティを騙さなくてはいけなかったのだ。おれがハーデスティに本当のことを言わせたり、殺したりするのを防ぐために。彼女は……

ええい、くそ。どうかしてるぞ。マデリンは何年も前からドクの悪事に加担してきたのだ。そこからひょいと一歩踏み出せば――でも、彼女は自分が何に関わってるか知らなかったということもありうる。彼女はドクに少しずつ引き入れられて、そのうちどっぷり頭まで漬かってしまったのかもしれない。

おれは毒づき、からだを起こした。物事はそんな風に起こらない。起きたことは一度もない。ドクとマデリンの場合だけなぜそうなるというのか？　おれは人生で大きなしくじりをした。いま望める最高のことは仮釈放が取り消されないことだ。マデリンはドクたちと同じくらい堕落した悪い人間だ。ドクたちと同じように罰を受けるべきだ。だけど——

ああ、マデリンのことを考えずにいられたら。

二十分近くたったころ、ウィリーがドアをノックし、電話機を持って入ってきた。ベッドのそばの壁のコンセントにプラグを挿し、電話機をおれによこした。そして入ってきたときと同じく静かに出ていった。おれは受話器に向かって話した。話して、相手の返事を待った。

「わかった、ドク」とおれは言った。「すぐ行く」

電話を切り、最後に一度、部屋のなかを長々と見まわした。それから車に乗ってガレージを出ると、マデリンの住まいまでまっすぐ向かった。

ドクの車のうしろに車を駐め、足音を立てずに階段をのぼった。寝室のドアに近づいて聞き耳を立て、それからもうひとつのドアの前へ行った。

「それは筋が通らない」とハーデスティが怒った声で言っていた。「われわれは二万五千の儲けを見込んでいる。すべてはあと二週間で終わるんだ。いったいなぜ――」

「いいだろう」ドクの声が割りこんだ。「その儲けを手に入れるとする――おそらくわれわれの最後の儲けだ――そのあとわたしは引退する。それでいいのか?」

「最初からそのつもりだったじゃないか」とハーデスティ。「そういう計画だったろう。それが気に入らないのならなぜそう言わなかった?」

「あれから事情が変わったんだ」とドク。「警察がパットを捜している。まだだとしてもじきに捜しはじめるだろう。だから今夜計画にけりをつける必要があったんだ」

「しかし、きみは警察がコスグローヴを捜しはじめる前から今夜けりをつけるつもりだっただろう。なぜマデリンとわたしにそれを言わなかった?」

「いくつか理由があった」

「ええい、くそ」ハーデスティは嫌悪をこめて毒づいた。

「きみの不満がわからない」ドクはゆっくりと言う。「わたしは二、三週間分の必要経費を払わなくちゃいけなくなる。それは端金じゃない。期限が来ているのに支払いを遅らせている費用が数千ドルあるが、それはわれわれの懐から出さなくちゃいけない。儲けを手に入れたとしても、きみの取り分はせいぜい五、六千ドルだ。五、六千ドルがきみにとってなんだというんだね？　確実に五千ドルとれるのに」

「とにかく気に入らないんだ」

「そうらしいね。だが、なぜなのかわからない」

「もういい。全部なかったことにしよう」

そのあと沈黙がおりた。おれは拳を持ちあげてノックした。

「パット？」とマデリンの声。

「うん」

「入って」

おれは入り、ドアを閉めた。

ハーデスティとマデリンはソファにすわっていた。マデリンは青いウールのローブの下にナイトガウンを着て、髪はむぞうさに巻きあげて天辺をピンで留めていた。まるで熟睡していたところを起こされた子供のように見え、信用している大人に何か訊きたそうにしている子供のような微笑みを浮かべていた。おれはマデリンから目をそらしてドクを見た。

ドクは服を着替えていた。いくつもの袋や箱から衣類をとりだして、目の前の椅子に置いたスーツケースひとつに詰めている途中だった。ドクはおれに笑いかけ、目を細くし、マデリンのほうへ首を倒した。

「ふたりはまだ正式には引き合わせていなかったな」とドクは言った。「彼はミスター・コスグローヴ——これはミセス・ルーサーだ」

マデリンは片手をひらひらさせた。「どうも、ミスター・コスグローヴ」弱々しい声で言った。

おれは相手にうなずきかけ、椅子にどさりと腰を落とした。「初めまして、ミセス・ルーサー」

「ふむ」ドクは聞きとがめた。「あんまり驚かないようだね、パット?」

「驚きませんよ。驚きなのは、なぜもっと早く気づかなかったのかということだけです」

「ほう?」

「そうなんです。最初からそのヒントはありました。おれが服を買った朝です。あなたはハーデスティと口論をして、わたしの妻に近づくなと言った。あとであなたはおれが何を聞いたか確かめようとしました――あれは、マデリンという名前を聞いたかどうかを知りたかったんでしょう」

「思い出したよ」ドクはハーデスティに険のある視線を投げた。「はっきり思い出した。言われてみればそうだった」

「それと赤ちゃんのこともあります」とおれは言った。「あれをあなたの作り話だとは思いません。実際あなたの奥さんが赤ちゃんを産んだんだと思います。でもライラのことは、あなたのおかげで間近に見たけど、赤ちゃんを産んだとは思えませんでした。だから……」

おれはもうひとつのことは言わなかった。妊娠線を——マデリンのからだに見たことは。おれは殺人の話をしたかった。ドクとハーデスティにその話をさせたかった。マートル・ブリスコーとその部下たちが聞いているところで。

ハーデスティがじれったそうに鼻を鳴らした。

「どうするんだ、ドク、ひと晩中ここでしゃべってるつもりか?」

「急ぐことはない」とドクは応じた。「パットにはいくつかの疑問への答えを聞く権利がある。自分の立場を知る権利がね……パット、きみは今夜ライラと話したんだろう?」

「ええ」とおれは答えた。

「彼女はきみに本当のことを話した。それ以外の頭など働かない女だからね。わたしが置かれていた状況はわかるだろう? どうしても金が必要だったんだ。そこへ彼女が飛びこんできた。利用してくれと言わんばかりに。使い終わったあとも彼女と手を切りはしなかった。熱愛している妻ということになっているから切るわけにいかなかったし、わたしの監督下から出たら余計なことをしゃべるのがわかっていたからね」

「わたしの立場はわかる、パット?」マデリンが静かに言った。

「正直言って、とくに興味はない」とおれは答えた。

ドクはにやりとしたあと、表情を変えた。そして首を振った。「彼女のことをあまり厳しい目で見ないでくれ。それじゃ可哀想だ。われわれはみな間違いを犯す。そしてみな代償を支払うんだ。銀行を襲ったとき、きみはまだ十八歳だった。マデリンがこのキャピタル・シティに来たのも十八のときだ」

「知っています。とても忠実な女性ですよね」

「とてもね。わたしに対してだけじゃなく自分にも忠実なんだ。わたしたちは名目だけの夫婦でね。彼女はわたしが渡す金のために仕事をしているんだよ」

「その仕事には殺人も入るんですか?」

「エグルストンのことだろう?」ドクは穏やかに首を振った。「彼女は関係していない。あの探偵はわたしたちの結婚の秘密を知り、彼女に金を要求した。それでわたしが払いにいったんだ。わたしが殺すつもりだということを彼女は知らなかった。わたしだって知らなかったさ。あの探偵が誰かに雇われているのか、自分で行動しているのかも知らなかった。だが、そう長く話すまでもなく、あの男が信用できないことはわかった。わたしがやるべきことはひとつだった」

おれはうなずいた。これでおれは殺人容疑からはずれた。あとは残りの部分をまとめるだけだ。

ドクは廊下に出るドアをさりげなく見てから、視線をおれに戻した。また目にあの奇妙な色が現われていた。ドクの家でライラがおれの部屋を出ていったときに見せた目の色だ。

「ひとつわからないことがあるんです、ドク」とおれは言った。「なぜファニング・アーンホルトを使った計画を最後までやり通さなかったんです？　せっかくお膳立てをしたのになぜぶち壊してしまったんですか？」

「それだ、わたしが知りたいのは！」ハーデスティが語気鋭く言った。「わたしに火の粉が降りかからなかったのは運がよかっただけなんだ」

「それはだね――」ドクはためらい、かすかな笑みを浮かべた。「ちょっと推測してみないか、パット?」

「理由はふたつ考えられます。ひとつは、少しは善いこともしておこうとしたということです。今夜あんなことが起きたあとは、この州は染みひとつなく清潔になります」

「そうかね?」

「あなたはそれをしているつもりだったと思います。それをしていると自分に言い聞かせたんです。でも実際には別の動機があったと思います。あなたは手に入れられるだけのものを手に入れた。そしてほかの人間には何も残らないようにしようと考えた」

ドクの包みを持つ指に力が入った。さっきからひらこうとしていた包みだ。ドクは包みに目を落としていたが、それを見ているようには見えなかった。それからまた紐をほどきはじめた。ひと言も口をきかず。

ハーデスティが怒りをこめてドクを睨んでいた。

「まったくもう!」ハーデスティは処置なしというように肩をすくめた。「パット、すまないが——」

「おれはドクと話してるんです」とおれは言った。「おれの考えが正しいかどうか確かめてみましょう。あなたはかなり前からこの都市のしがらみから自由になりたいと思っていましたね、ドク。そして次の選挙が終わればどのみち都市から出ていくしかないとわかっていた。だから最後にもう一度大儲けをする必要がある。そんななか、おれがサンドストーンから出した手紙を受けとって、マデリンとハーデスティの助けを借りて最後の大儲けをする方法を思いついたんだ。あなたは自分に多額の生命保険をかけた。受け取り人はマデリン——あなたの奥さんだ。そうしておれをサンドストーンから出した。おれがあなたと喧嘩してあなたを殺すというのが表向きの筋書きだ。もちろん、実際にはあなたは殺されない。おれがあなたを殺して、誰にも死体を発見できない川に捨てたように見せかける。でも現実にはそんなことは起こらない。あなたは逃げて身を隠し、マデリンがハーデスティの助けを借りて保険金を請求する。一年かそこらして、絶対に安全だと見極めがついたとき、マデリンはあなたのもとへ行く。そういう計画だったんでしょう?」

「それがわたしのやろうとしていることだ」とドクは言った。「ところで、パット——」

「ライラはどうなるんです?」

「ライラはどうなるか? 妻はわたしといっしょに暮らすのは嫌だが、自分を受け取り人にして保険をかけてくれと要求している。そういうストーリーだ」

「保険会社が詐欺の臭いを嗅ぎつけそうな気がしますがね。そんな風に私生活に危うい
ところがあることを知ったうえで保険を引き受ける会社があるとは思えない」
「そのとおり」ドクはうなずいた。「保険会社がそこをもっと詳しく調べなかったのは
気の毒だな。彼らはマデリンを受け取り人とする生命保険の契約に応じたよ。契約自体
は有効で、会社は支払わなければならないだろう」
「なるほど。あなたはいくらで余生を送るつもりなんです？　いくらの保険をかけたん
です？」
「うーむ」――ドクは一瞬ためらった――「まあきみに教えていけない理由はないな。
一万ドルの保険を十口で、計十万ドル。倍額保障の特約つきだ」
「ハーデスティの取り分は？」
「ざっと六万五千。三分の一だ」
おれは首を振った。しばらくは二の句が継げなかった。どうやら語られるべきことは
すべて語られたようだった。あとはマートルが――
「ところで、パット。さっきわたしが言おうとしたことだが……」
「なんです？」

「きみはなかなかよくやった――しかし、気の毒だがマートルは来ないよ。家でのあのちょっとした夜会の前に彼女の居所を問い合わせたんだ。いまは都市を出ているらしい」

29

おれは唾をのんだ。喉ぼとけが喉につかえた。気分が悪そうな顔をしていたにちがいないが、実際に気分が悪かった。

ドクは同情の笑みを浮かべた。「まさかきみは警察に通報したんじゃないだろうね？　そんなことをすれば、エグルストン殺しの犯人として捕まるだけだよ。身の潔白を証明する余裕など——」

「いや、警察には知らせていない」とおれは言った。「おれが言おうとしたのは——したのは——なぜそんなことができるんです、ドク？　あなたはおれに死刑宣告をしているんですよ！　そんなことをして、良心が痛まないんですか？」

「痛むべきなんだろうな」とドクは言った。「だが、痛まないね。それほどは。きみはわたしが外に出してやらなかったらサンドストーンで死んでいた。しかし外に出たおかげで、少しばかり羽目をはずして遊ぶことができたんだ」

「ライラがおれに車を買ってくれたことには意味がなかったわけですね？　おれを逃がしてやろうというような意味は」

「なかった。わたしの死体が見つからないのはいい。しかし、わたしを殺した男の死体が見つからないのは困る。それだと世間が一件落着と考えにくい。だからきみは捕まらなくちゃいけないいんだよ。わたしと争ってわたしを殺したとされる場所の近くで」

「おれが捕まっても自分には危険がないと思っているんですか?」

「きみがしゃべるのを恐れないのかという意味かね?」ドクは小さく微笑み、紙袋から靴下を一足とりだした。「すべての証拠が殺人事件を示唆しているときに、誰がきみの空想物語を信じるというんだ?」

「それはうまくいきませんよ、ドク」とおれは言った。

「うまくいくとも、パット」ドクはにやりと笑った。「ありそうにないことだからこそ完璧な信憑性があるんだ。きみ自身が何よりの証拠だよ。何週間ものあいだきみの目の前には、なぜわたしがきみを刑務所から出したのかという謎が存在していたにもかかわらず、きみは答えにたどり着かなかったのだからね」

「そういうことを言っているんじゃない。保険会社のことだ。彼らは保険金を支払いませんよ」

「普通は支払わないだろうね」ドクはうなずいた。「わたしが本当に死んだということの証拠――つまり死体が出ないかぎりは。だが状況証拠がきれいに揃っている以上――まあ……」

「なぜそんなに自信が持てるんです？」

「ここにいるわれらが友人ハーデスティだ」ドクはそちらに首を倒した。「法律家としては超一流だ。ほかのことできみが彼をどう考えているかは知らないがね。保険会社は払うしかないとハーデスティは言っている。彼がそう言うのなら間違いない」

そのとおりだ。ハーデスティならその判断がつくだろう。でも、それならハーデスティはなぜおれに――？　ふいに答えが浮かんだ。殺人に関係する物騒なパズルの最後のピースがぴたりとはまった。おれは笑ってしまった。

どうにもならない行き詰まりに追いこまれたわけだが、それでも笑わずにはいられなかった。

ハーデスティがソファの上で脚を組みなおし、居心地悪そうにもぞもぞした。右手がそっと上着のポケットのなかに忍びこみ、そこに留まった。

「ドク」とおれは言った。「あなたはあまり頭がよくないですね。いくつかのことについてはね。あなたが何か自分の手に余ることをやろうとしているらしいというのは最初から感じていたけど、そこまで単純な人だとは思わなかったですよ」

「そうかね？」ドクはにやりとしたが、両頰に少し赤みがさした。「どれくらい単純な人間だというのかな、パット？」

「あなたを憎み、あなたの奥さんを愛している人間を信じるほど単純なんです。その人間が二十万ドル全部をあなたの奥さんとふたりで手にすることができるのに、三分の一で満足するだろうと考えるほどね。なるほど彼は保険会社がどういう場合に支払い、どういう場合に支払わないかを知っているでしょう。だけど知っていることをそのままあなたに話すとはかぎりませんからね！」

「なんのことだか――」ドクは視線をハーデスティに移し、マデリンに移し、またおれに戻した。「理解できないね……」

「理解することなど何もない」ハーデスティがそっけなく言った。「相手にするな、ドク。この男は――」

「考えてみてください、ドク」とおれは言った。「そのあいだにハーデスティがおれに申し出をしますから。おれはあなたになぜ自分が本当に殺されるかを理解してほしいんですが、早く考えたほうがいいですよ。警察がおれを捕まえにきたら、おれはもうこのちょっとしたドラマでどんな役も演じることはできなくなりますからね」

ドクはおれをじっと見つめる。眼鏡の分厚いレンズの奥で目がまばたいている。おれはハーデスティにうなずきかけた。

「よしと。どうします？　おれがドクを殺して、逃げますか？　あなたがやって、おれが逮捕されるようにしますか？」

「パット！」マデリンが叫んだ。「そんなこと――」

だがハーデスティがもう手をポケットから出していた。「きみがやれ」そう言って、銃身の短い自動拳銃をおれに放ってよこした。「きみがやって、逃げたまえ」

おれは拳銃を握り、その手で指図をした。

「よし、それじゃ立つんだ。三人とも」

「パット」とハーデスティが言う。「きみは――」

「立つんだ」おれはハーデスティの腕をつかんで、ぐいとからだを引きあげた。

三人を並ばせ、ひとりずつ身体検査をした。マデリンをわきへ押しのけ、ドクとハーデスティを見た。

「さてと。これから警察を呼ぶからね」

「警察！」三人は同時にそのことばを口にした。

「わかっている」とおれは言った。「信じてくれないかもしれない。たぶん信じてくれないだろう。でもやってみるよ」

「こんなことしてきみになんの得があるんだ！」ハーデスティは顔を真っ青にしていた。

「きみは逃げられるんだぞ、パット！　わたしたちが――わたしが、きみに充分な金を――」

「そうは思わないね」とおれは言った。「人間は自分自身からは逃げられない」

「わけのわからんことを！」ドクが吐き捨てるように言った。「きみは保険金の件を潰した。わたしは政治的腐敗のからくりを潰した。これでよしとしようじゃないか。あとは――」

「そうさ」とハーデスティが言う。「賢い道を選ぶんだ、パット。今夜われわれはみんな出だしを間違えた。でもまだ間違いを正すのに遅すぎはしない……ドク、われわれも仲直りしようじゃないか、そして――」

「いいとも」ドクは勢いこんでそう言い、さっと手を突き出した。

ドクの手はおれの手首をつかんだ。そしてその手首に全体重をかけてきた。ハーデスティが踏みこんできて、腕を振って殴りかかってきた。おれは笑った。あまりにもへなちょこだった。こちらが思いきり手荒に反応する口実にはならなかった——思いきりぶん殴ってやれば、初めてのお仕置きになるだろうに。

おれはハーデスティの風車がまわるようなパンチをいくつかよけて、相手をくたびれさせた。それから平手のアッパーカットを食らわせてやると、ハーデスティは爪先立ちになってうしろに飛び、壁にぶちあたって崩れ落ちた。

ドクはまだおれの銃を持った手と格闘していた。おれが突然その手をぐっとさげ、すぐまた突きあげると、ドクもハーデスティの隣で壁に背中をぶつけた。

ふたりは床に倒れ、ぼんやりした目でおれを見あげた。

おれはマデリンを見た。マデリンは幸福と喜びでいっぱいの微笑みをおれに向けていた。両腕で自分のからだを抱いて。おれの思考が戻る前、これでよかったのか、今度ばかりは何かいいことが起こるのかと考えられるようになる前に……寝室のドアがぱっとひらいた。

マートル・ブリスコーが入ってきた。州警察官をふたり連れていた。マートルがホイッスルを吹くと、さらにふたりの州警察官が廊下に面したドアから入ってきた。

マートルがハーデスティとドクを指さし、州警察官たちがふたりの身柄を確保した。マートルが首をドアのほうへ倒すと、州警察官たちはふたりを部屋から出しにかかった。あっという間のできごとで、ドクとハーデスティには驚く暇もなかった。ふたりは州警察官たちにはさまれ、ふらつきながら、無言で廊下に出ていった。マートルはマデリンの肩をぽんぽんと叩いた。

「この娘《こ》があんたより先に情報をくれていたんだよ、パット」マートルはにやりと笑った。「あんた、嫌ぁな三十分を過ごしただろ?」

「あ——えーと——まあ、そうです」とおれは言った。

「自業自得だよ。マデリンはあんたにわたしのところへ相談に行かせようとしたろ? わたしはあんたの相談に乗ろうとしたろ?」

「ええ」

「さてと——」マートルの目がおれの全身をざっと見た。「さっきの立ち回りで怪我はしなかったようだね。わたしが出ていったら発砲があるかもしれないってそれが心配だったんだ。あんたが特赦を受ける前に撃たれたんじゃしょうがないからね」

「ええ——えっ、特赦?」おれは訊き返した。

「そうさ。知事はわたしが差し出す書類にはなんでも署名すると思うよ」

マートルが足音を響かせて部屋を出、ドアを音高く閉めると、マデリンがおれの腕のなかに飛びこんできた。

30

たぶん、これですべてだ。

おれは特赦をもらった。働き口も手に入れた。いまもそこで働いている。矯正局の調査官として。マデリンは離婚して、おれたちは結婚した。

ドクはエグルストン殺害の罪で禁固九十九年の刑を言い渡され、そこへ贈賄罪と詐欺未遂罪の三十年の刑を――順次執行するものとして――追加された。ハーデスティは合計で禁固四十年となった。

このふたりだけでずいぶん重い刑が科されるわけだが、これからさらにバークマンやフランダーズほか、ドクの仲間の残りも裁かれる予定だ。でもその話は詳しくしないでおこう。ひとつだけ言っておけば、サンドストーンでドクは友達に――彼らを友達と呼べればの話だが――不足することはないはずだった。

ライラは……

まあ、万事を考え合わせると、ライラはなかなかうまくやったと言えるだろう。

彼女は自叙伝を、もちろんゴーストライターを使ってだが、書いて、ある通信社に売ったのだ。それでけっこうな額の金を儲けたうえに大いに名前を売り、それが貴重な財産になった。最後におれたち――おれとマデリン――が会ったときには、B級映画の主演が決まってハリウッドに勇躍するところだった。

ライラは出発前におれたちに会いにきた。あとでマデリンが何か考えながらおれを見ているのに気づいた。

「ねえ、あなたとあの人のあいだに何があったのかなあ、なんて考えたりするのよね」

「何があったか？　まさかおれが……そんなことをしたなんて思っていないだろうね、ミセス・コスグローヴ！」

「うん。してないよね、きっと！」

「どう言ったらそれをわかってもらえるのかわからないな……」

「いまから何をしたらいいのかもわからない？」

「いや、それはわかるかもしれない。きみがいいヒントをくれたよ」

それは新しい試みではなかったが、とても、とても、すばらしかった。とてもすばらしかったので、マデリンはライラのことをすっかり忘れた。

ということで、話は終わりだ。

解説

『反撥』の正しい位置づけから見えてくるもの

大場 正明（評論家）

普通小説から犯罪小説へと移行したジム・トンプスンが、一九五〇年代前半から中盤にかけて作品を量産したことはよく知られている。そのタイトルを列挙すると、五二年に『おれの中の殺し屋』、『綿畑の小屋』、五三年に『反撥』、『ドクター・マーフィー』、『バッドボーイ』、『犯罪者』、『残酷な夜』、五四年に *The Golden Gizmo*、『死ぬほどいい女』、『失われた男』、『漂泊者』、『深夜のベルボーイ』、そして五五年に『アフター・ダーク』ということになる。

このリストに従うなら、本作『反撥』は、『おれの中の殺し屋』と『残酷な夜』というトンプスンの代表作の間に書かれたことになる。しかし、出版と執筆の時期が単純に結びつくとは限らない。

ロバート・ポリートが書いたトンプスンの評伝 *Savage Art: A Biography of Jim Thompson* を読むと、本作の位置づけや印象ががらりと変わる。本作は、トンプスンの最初の犯罪小説『取るに足りない殺人』（四九年）に続く第二作として五〇年初頭に執筆されたが、残念ながらすぐには受け入れられず、彼が独自の世界を確立した『おれの中の殺し屋』の後に出版されることになった。

『取るに足りない殺人』では、映画館主である主人公ジョーとその妻、彼の愛人の家政婦が結託して保険金殺人を計画して実行する。本作では、刑務所に収容されていた主人公パットに仮釈放の機会を与える精神分析医ドク・ルーサーが、妻ライラと名目上の秘書マデリンを巻き込み（やがて彼らの関係が見せかけとはまったく違うことがわかる）、保険金詐取の企てが殺人へと発展する。

だが、本作を正しく位置づけることから見えてくるのは、そんな共通点だけではない。『取るに足りない殺人』と『おれの中の殺し屋』の間に本作を置いてみると、トンプスンがどのように独自の世界を確立し、『おれの中の殺し屋』のルー・フォードという主人公を生み出したのかが明らかになる。

ポリートによれば、本作に登場するドク・ルーサーにはモデルとなった実在の人物がいる。トンプスンが三〇年代にオクラホマシティで親しく付き合っていたオットー・カストロ・ルーシー。彼は医療実習を受けたこともないのに「ドクター」と称し、診療所を開業していた。州立大学の元学部長、教育委員会委員の候補、さらには精神医学の分野で郡裁判官の相談役を務めるなどの経歴がありながら、少年への性的虐待の疑いで大学を追われ、ついには彼が行った中絶手術で二人の女性が亡くなったために逮捕された。トンプスンは彼に同行して仮釈放者との面接に立ち会い、彼の診療所に入り浸って心理学の教科書や患者のファイルに目を通していたという。

このドクター・ルーシーの存在は、単にドク・ルーサーのモデルになっているだけではなく、トンプスンの初期の犯罪小説に様々なかたちで影響を及ぼしているように思える。

筆者がまず注目したいのは、『取るに足りない殺人』で、主人公のジョーに彼のことを疑う保険調査員がある話をする場面だ。ジョーは、調査員の仕事を、別の人間の立場に自分の身を置こうとすることのように考えている。そんな彼に対して調査員は、「別の人間の立場に身を置いたら、そこから身動きできなくなるのがおちなんだ。とびきり質《たち》の悪い犯罪者の中に、元警察官というのがときどきいるんだ。精神科医のうちで、精神病にかかっている者の割合は、一般人よりかなり高いんじゃないかな?」と反論し、以前に扱った事例を語り出す。それを要約すると以下のようになる。

女が体をずたずたにされる惨たらしい殺人事件が起こり、異常者の犯行と思われる事件を解決するために、現場近くに住む著名な精神病理学者が協力することになった。その先生はどんなにイカれた輩が連行されてきても、すぐに仲良くなり、相手と同じように振る舞った。調査員も先生と親しくなり、彼の家に頻繁に遊びに行くようになった。彼は猛犬を飼っていて、ある晩、調査員の目の前で彼が犬と同化し本性を現した。調査員は警察に通報し、殺人犯が誰なのか判明した。

そこにはすでに「精神科医／犯罪者」、「警察官／犯罪者」という人物像が提示されている。そして本作では、ドクター・ルーシーをモデルにしたドク・ルーサーを通して「精神科医／犯罪者」が具体化されているが、それが重要なステップであることは、『おれの中の殺し屋』のルー・フォードの複雑な人物像から察することができる。

ルー・フォードとは、「精神科医／犯罪者」を「警察官（保安官助手）／犯罪者」に置き換えただけの存在ではない。そこには「精神科医／犯罪者」も引き継がれている。ルーの父親は医者で、彼は父親が遺した家に暮らしている。父親のオフィスだった部屋の本棚には、心理学の資料のファイルやクラフト＝エビング、ユング、ブロイラー、アドルフ・マイヤー、クレッチマー、クレペリンなどの精神疾患に関する分厚い本が並んでいて、ルーはその部屋にいると気持ちが落ち着く。

しかも、ルーの背景とは関係のないエピソードにも「精神科医／犯罪者」の要素が埋め込まれている。たとえば、物語の後半でルーが所有する家に関心があるかのように装って訪ねてくる医者だ。ルーは医者と話すうちに、彼が新聞の記事になっていたことを思い出す。彼は患者を何人か死なせたあとで、学位を取り直して精神医学の分野に転向し、警察から依頼された仕事をするようになった。だが、強大な権力を持つ容疑者を敵にまわしてしまい、町を出なければならなくなった。

さらに終盤では、ルーを精神病院から連れ出した弁護士が、かつて弁護した有能な医者の話をする。彼は気持ちのいい人物で裕福でもあったが、警察が踏み込むまでに約五十件の中絶手術を行い、手術の一か月後に腹膜炎を起こして死ぬように細工していた。

このように三作品は、「精神科医／犯罪者」という要素で繋がっている。だが、それを確認しただけでは、ルー・フォードの人物像はまだはっきりとは見えてこない。本作がすぐに出版されず、足踏みを余儀なくされたことが関係しているのかはわからないが、『おれの中の殺し屋』には、独自の世界を確立するためのもうひとつの重要な要素が加えられているからだ。それが息子と父親の関係だ。トンプスンにとって、保安官を務めたこともある父親との間にあった深い溝の影響は大きく、『おれの中の殺し屋』やその後の作品に息子と父親の歪んだ関係が色濃く反映されていくが、そのことについては後述する。

ここまで本作のドク・ルーサーに注目して書いてきたが、主人公はもちろんパット・コスグローヴである。筆者がそのパットと対比してみたいと思うのが、『アフター・ダーク』の主人公、精神を病んで放浪する元ボクサーのキッド・コリンズだ。二人の立場には共通点があるが、筆者が考えてみたいのは、その立場をひねり出したトンプスンの狙いだ。

ポリートによれば、トンプスンは映画化の可能性も視野に入れて『アフター・ダーク』を執筆し、一人称の原稿とともに、三人称のトリートメントも用意していたという。ではどんなところに映画との親和性があるのか。

『アフター・ダーク』では、キッドとアル中の未亡人、元刑事が絡み合っていくが、彼らの背景に関する記述は最小限にとどめられている。キッドは居場所を求める弱い立場にあり、自分に接触してくる二人をよく観察し、彼らの狙いを見極める必要がある。だから三人のやりとりを中心に展開し、一人称ではあっても比較的三人称に近くなる。その三者はそれぞれに人格が破綻しているため、会話が嚙み合わないまま、誘拐という泥沼にはまっていく。キッドはそんな成り行きを以下のように振り返る。

「今となってみると、どうして自分が話に乗ったのかわからない。なんというか、理由についてはきちんと考えなかったのだと思う。なんとなく、そうしなければならないという気がしたんだ――溝にはまっていて、最後までそれに沿って進むしかないというような気分だった」

こうした設定や構成は、背景を大幅に省略したり、強引な変更を加えたりすることなく映像化できる。実際、後にジェームズ・フォーリー監督が映画化した『アフター・ダーク』（九〇年）では、原作にほぼ忠実に展開しながら、言葉に頼らずに三者の心理や危うい関係が描き出されている。原作では、キッドと彼が誘拐した少年が似た境遇にあることが、キッド自身の言葉で語られるが、映画では二人のやりとりからそれを想像する余地が生まれる。終盤では逆に、原作にない長いモノローグにキッドの思いが集約され、巧みに同じ結末へと導いていく。

本作の設定や構成は、そんな『アフター・ダーク』を想起させる。仮釈放の機会を与えられたパットは、ドク・ルーサーを筆頭に、ライラ、マデリン、ハーデスティ、ブリスコーなど様々な人物と接触するが、彼らの背景は見えてこない。弱い立場にある彼は、そんな人物たちを観察し、彼らの狙いを見極めようとする。だが、どの人物も何らかの事態が進行していることをほのめかすばかりで、彼らに翻弄されるうちに泥沼にはまっていく。そんな状況で、パットはキッドと同じようなことを考えている。

「おれは罠にはまっていて、ドアから出ることができなかった。ドアはサンドストーンに通じていた。おれは自分の出口を見つけるまでここにいなくてはいけないのだ」

「おれは自分が間違いを犯しているのを知っていた」

しかも本作は、「おれはずっとずっと前から死んでいたんだ」という『取るに足りない殺人』の運命論的な結末とは見事に対照的な結末を迎える。おまけにライラがB級映画に主演するとなれば、なんとか出版にこぎ着けたいトンプスンが、映画化への期待も込めてこれを書いたと見て間違いないだろう。

では、本作や『アフター・ダーク』に映画との親和性があるとするなら、他のトンプスン作品はどんなところに映画化の難しさがあるのか。先述した、本作をステップとして『おれの中の殺し屋』でトンプスンが独自の世界を確立したことと、映画化の難易度は深く結びついている。ルー・フォードはいわゆる〝信頼できない語り手〟となって暴走し、彼が語る背景からは父親との歪んだ関係が浮かび上がってくるからだ。

『おれの中の殺し屋』を映画化したバート・ケネディ監督の The Killer Inside Me（七六年）とマイケル・ウィンターボトム監督の『キラー・インサイド・ミー』（一〇年）では、それをどう映像で表現するかが課題になっている。ケネディ版では、舞台がテキサスから六〇年代半ば、モンタナの鉱業の町に変更され、登場人物やエピソードがいくらか削られ、大筋は同じだがよりシンプルになっている。ウィンターボトム版は、舞台も原作通りで、かなり細かなエピソードや台詞まで反映され、容赦ない暴力描写もしっかりと盛り込まれている。

そのためウィンターボトム版は、一見すると忠実な映画化のようにも見えるが、重要な要素が欠けている。少年時代のルーが少女に悪戯しているところを義兄に見られた記憶が甦るとか、家政婦のあられもない姿をとらえた古い写真を偶然見つけるといったエピソードがあるだけで、父親の影が見えてこない。息子と父親の歪んだ関係という背景があっさり切り捨てられているため、表面的なストーリーをなぞっただけのダイジェストに見えてしまうのだ。

これに対してケネディ版では、ルーが売春婦を殴って「病気」が再発する瞬間に、父親の姿を幻視する。その後もルーのなかに父親と母親（映画では家政婦が母親に変更されている）の姿が甦り、彼を追いつめていく。問題なのはそういう場面で、ゴシックホラーを思わせるイメージ、不穏な弦楽器の響き、蛇口から滴る水の音、囁き声といった過剰な演出を多用し、劇的な効果を生み出そうとしていることだ。

それでもケネディ版が印象に残るのは、息子と父親の関係が反映されているからだけではない。原作には、帰宅したルーが鏡に映った自分に見入る場面があるが、映画では、冒頭にルーが鏡を見ながら身支度を整える姿が映し出される。外見で自分が典型的な保安官だと確認することは、病気が再発する不安の裏返しでもある。また、先述したルーの家に関心があるかのように装った医者が訪ねてくるエピソードも盛り込まれ、ルーが医学に関する専門的な質問やおぞましい告白で医者を威圧していくその場面には、異様な空気が醸し出されている。ケネディ版は作品としては破綻しているが、映像を通してトンプスンの世界を垣間見ることができる。

『深夜のベルボーイ』もトンプスンと父親の関係が色濃く反映された作品だが、スティーヴン・シャインバーグ監督が映画化した『ダブル・ロック　裏切りの代償』（九六年）では、ウィンターボトム版と同じように、そんな背景が切り捨てられている。

原作の主人公ダスティは病気がちの父親と暮らし、医師になる夢を諦め、ホテルのベルボーイとして働いている。彼はかつて養母に性愛感情を抱き、それが原因で父親が失職し、自分も夢を諦めざるをえなくなったにもかかわらず、そんな過去から目を背け、不遇をかこっている。

映画では、主人公と暮らす父親が知的障害のある弟に変更されている。その違いは大きい。原作では、父親と息子のもつれた関係が結末に至るまで、思い込みにとらわれたダスティの運命に影響を及ぼし続けるからだ。

トンプスン作品を映画化するためには、単に切り捨てたり付け足したりするのではなく、原作を解体し、視覚的に再構築するような発想が必要になるだろう。

たとえば、『殺意』（五七年）を映画化したマギー・グリーンウォルド監督の The Kill-Off（八九年）だ。原作では、十二人の登場人物が章ごとに順次主人公になり、一人称で物語を語っていくが、映画はそんな世界を俯瞰でとらえ、寂れたリゾート地、登場人物たちを閉じ込めている空間をリアルに再現する。登場人物をいくらか削り、ジャズシンガーをストリッパーに変え、場末のナイトクラブを主な舞台としてドラマを作り上げる。ゴシップを生きがいにする女の悪意が引き金となって、閉ざされた空間に負のスパイラルが巻き起こり、殺人へと発展する。グリーンウォルドは、原作の構成に縛られることなく、その世界を視覚化している。

だが、トンプスン作品の映画化のなかで、最も興味深く、強い印象を残すのは、フランス人の監督が手がけた二作品だ。それぞれの原作では〝信頼できない語り手〟が暴走していくが、二人の監督はモノローグに頼ることなく、独自の発想でその世界を再構築している。

『死ぬほどいい女』を映画化したアラン・コルノー監督の『セリ・ノワール』（七九年）は、主人公である訪問販売員フランクの造形とそれを演じたパトリック・ドヴェールの圧倒的な演技が際立つ。その冒頭では、人けのない殺伐とした風景のなかで、車を降りたフランクが突然芝居を始める。最初はアクションのヒーローを演じ、ラジオから音楽が流れ出すとその演奏者になり、最後は存在しない女性と優雅にダンスを踊る。ドラマはほぼ原作通りに展開していくが、フランクは相手がいるときも、一人で車を運転しているときもずっと喋り続ける。突然ダンスを踊り出したり、兵隊を演じたりする。

コルノーはそんなドヴェールのエキセントリックな演技を通して、〝信頼できない語り手〟の暴走を表現している。原作にある「言葉がおれの頭の中を跳ねまわりだした」

というような表現がヒントになっているのかもしれない。このフランクの言動に目を奪われるうちに、実は彼が、相手がいてもいなくても独り芝居を演じ続けているのではないかと思えてくるところに怖さを覚える。

『ポップ1280』（六四年）を映画化したベルトラン・タヴェルニエ監督の Coup de Torchon（八一年）では、舞台が一九一〇年代のアメリカ南部から第二次大戦前夜、西アフリカのフランス植民地にある辺境の町に変更されている。タヴェルニエが熟慮の末に舞台を選んだこともあり、人物やストーリーに大きな変更はなく、意外なほど違和感なく展開していく。原作の主人公ニックは、「保安官／犯罪者／救世主」ともいうべき存在だったが、映画の警察官ルシアンも、救世主と称し、イエス・キリストと署名する。

タヴェルニエの独自の視点は、そんなルシアンの変容を集約したようなプロローグとエピローグに表れている。プロローグでは、現実から隔てられたような乾いた土地で、ルシアンが木陰から黒人の少年たちを見つめているうちに日食が起こり、辺りが暗くなる。すると彼は焚き火を起こし、寒そうにする少年たちを招き寄せ、去っていく。エピローグでは同じ場所に戻るが、ルシアンはもはやプロメテウスのような存在ではなく、銃を構えて少年たちに狙いを定めようとする。だがやがて、虚しさに打ちひしがれたように銃を下ろし、うなだれる。その最後の姿は、原作の「そこいらの普通の人間と同様に、おれはなんにもわかっていないという結論さ！」という結びに呼応している。

この二作品を並べてみると、二人の監督が異なる原作を選び、舞台や設定もまったく違う世界を切り拓いているにもかかわらず、主人公たちが突き詰めれば同じことをしているところに、トンプスンの世界の核心があるように思えてくる。つまり、人は誰もが、滑稽で残酷で虚しい独り芝居を演じ続ける運命を背負っているということだ。

《参照／引用文献》

Savage Art: A Biography of Jim Thompson, Robert Polito (Vintage Books, 1996)

『取るに足りない殺人』ジム・トンプスン　三川基好訳（扶桑社、二〇〇三年）

『おれの中の殺し屋』ジム・トンプスン　三川基好訳（扶桑社、二〇〇五年）

『アフター・ダーク』ジム・トンプスン　三川基好訳（扶桑社、二〇〇一年）

『深夜のベルボーイ』ジム・トンプスン　三川基好訳（扶桑社、二〇〇三年）

『殺意』ジム・トンプスン　田村義進訳（文遊社、二〇一八年）

『死ぬほどいい女』ジム・トンプスン　三川基好訳（扶桑社、二〇〇二年）
『ポップ１２８０』ジム・トンプスン　三川基好訳（扶桑社、二〇〇〇年）

訳者略歴

黒原敏行

1957年、和歌山生まれ。慶應義塾大学文学部・東京大学法学部卒業。コーマック・マッカーシー『ブラッド・メリディアン』『すべての美しい馬』『越境』、ウィリアム・ゴールディング『蝿の王』(以上、早川書房)、ジョゼフ・コンラッド『闇の奥』、オルダス・ハクスリー『すばらしい新世界』、ウィリアム・フォークナー『八月の光』(以上、光文社)、ジム・トンプスン『犯罪者』(小社刊)など。

反撥

2022年10月31日初版第一刷発行

著者：ジム・トンプスン

訳者：黒原敏行

発行所：株式会社文遊社

東京都文京区本郷 4-9-1-402　〒113-0033

TEL: 03-3815-7740　FAX: 03-3815-8716

郵便振替：00170-6-173020

装幀：黒洲零

印刷・製本：中央精版印刷株式会社

乱丁本、落丁本は、お取り替えいたします。

定価は、カバーに表示してあります。

Recoil by Jim Thompson

Originally published by Lion Books, 1953

ISBN 978-4-89257-161-9

ジェイコブの部屋

ヴァージニア・ウルフ
出淵 敬子 訳

「わたしが手に入れそこなった何かを彼はもっている――」視線とイメージの断片が織りなす青年ジェイコブの生の時空間。モダニズム文学に歩を進めた長篇重要作。

装幀・黒洲零　ISBN 978-4-89257-137-4

壁の向こうへ続く道

シャーリイ・ジャクスン
渡辺 庸子 訳

サンフランシスコ郊外、周囲と隔絶した住宅地は悪意を静かに胚胎する。やがて壁を貫く道が建設されはじめ――。傑作長篇、待望の本邦初訳。

装幀・黒洲零　ISBN 978-4-89257-138-1

絞首人

シャーリイ・ジャクスン
佐々田 雅子 訳

わたしはここよ――周囲から孤立し、居場所のない少女が、謎めいた少女に導かれて乗る最終バス、彷徨い歩く暗い道。傑作長篇、待望の本邦初訳。

装幀・黒洲零　ISBN 978-4-89257-119-0

草地は緑に輝いて

アンナ・カヴァン
安野 玲 訳

破壊を糧に蔓延る、無数の草の刃。氷の嵐、炎に縁取られた塔、雲の海に浮かぶ〈高楼都市《ハイシティ》〉——近未来SFから随想的作品まで珠玉の十三篇を収録した中期傑作短篇集、待望の本邦初訳。

書容設計・羽良多平吉　ISBN 978-4-89257-129-9

われはラザロ

アンナ・カヴァン
細美 遙子 訳

強制的な昏睡、恐怖に満ちた記憶、敵機のサーチライト……。ロンドンに轟く爆撃音、そして透徹した悲しみ。アンナ・カヴァンによる二作目の短篇集。全十五篇、待望の本邦初訳。

書容設計・羽良多平吉　ISBN 978-4-89257-105-3

ジュリアとバズーカ

アンナ・カヴァン
千葉 薫 訳

「大地をおおい、人間が作り出したあらゆる混乱も醜悪もその穏やかで、厳粛な純白の下に隠してしまったときの雪は何と美しいのだろう——。」カヴァン珠玉の短篇集。解説・青山南

書容設計・羽良多平吉　ISBN 978-4-89257-083-4

ジム・トンプスン　本邦初訳小説

テキサスのふたり　田村 義進 訳

ヒューストンに流れ着いた賭博師《ギャンブラー》。迫りくる破綻、赤毛の娘への愛。
ダイスが転がる永遠の一秒――　解説・三橋曉

漂泊者　土屋 晃 訳

恐慌後のアメリカで、職を転々としながら出会った風変わりな人々、巻き起こる騒動――作家になるまでの日々を描く自伝的小説。　解説・牧眞司

雷鳴に気をつけろ　真崎 義博 訳

ネブラスカの小村の日常に潜む狂気と、南北戦争の記憶――
ノワールの原点となった、波乱に満ちた一族の物語。　解説・諏訪部浩一

バッドボーイ　土屋 晃 訳

豪放な“爺”の人生訓《レッスン》、詐欺師の友人、喧噪のベルボーイ生活――
若き日々を綴った、抱腹絶倒の自伝的小説。　解説・越川芳明

脱落者　田村 義進 訳

テキサスの西、大きな砂地《ビッグ・サンド》の町。原油採掘権をめぐる陰謀と死の連鎖、
未亡人と保安官補のもうひとつの顔。　解説・野崎六助

綿畑の小屋　小林 宏明 訳

罠にはまったのはおれだった――オクラホマの地主と娘、白人貧農の父子、
先住民の儀式、そして殺人……。　解説・福間健二

犯罪者　黒原 敏行 訳

殺人容疑者は十五歳の少年――過熱する報道、刑事、検事、弁護士の駆け引き、
記者たちの暗躍……。ありきたりの日常に潜む狂気。　解説・吉田広明

殺意　田村 義進 訳

悪意渦巻く海辺の町――鄙びたリゾート地、鬱屈する人々の殺意。
各章異なる語り手により構成される鮮烈なノワール。　解説・中条省平

ドクター・マーフィー　高山 真由美 訳

“酒浸り《ウェット》”な患者と危険なナース。マーフィーの治療のゆくえは――
アルコール専門療養所の長い一日を描いた異色長篇。　解説・霜月蒼

天国の南　小林 宏明 訳

'20年代のテキサスの西端は、タフな世界だった――パイプライン工事に
流れ込む放浪者、浮浪者、そして前科者……。　解説・滝本誠